피가로의 결혼

피가로의 결혼

보마르셰 | 민희식 옮김

문예출판사

Le Mariage de Figaro
Pierre-Augustin Caron de Beaumarchais

등장 인물

알마비바 백작   안달루시아의 대법관
백작부인   백작의 처 로진느
피가로   백작의 문지기 겸 하인
수잔느   백작부인의 시녀며 피가로의 약혼녀(오페라에서는 수잔나)
마르셀린느   하녀(오페라에서는 마르첼리나)
안토니오   성의 정원사, 수잔느의 아저씨이며 팡세트의 아버지
팡세트   안토니오의 딸(오페라에서는 바르바리나)
세뤼벵   백작의 시중 드는 아이(오페라에서는 케루비노)
바르톨로   세비야의 의사
바질르   백작부인의 클라브생 교사(오페라에서는 돈 바질리오)
돈 구스만 브리두아종   백작 부하의 판사(오페라에서는 돈 쿠르치오)
드불맹   재판소의 서기
그리프 솔레유   목동
페드리유   백작의 말지기
젊은 양치기 여자
법정의 정리
그 밖에 무언의 인물
하인들
남녀 백성들

세비야에서 12킬로미터 떨어진 아구아스 프레스카스 성

1막

 무대는 반쯤 가구가 놓여 있는 방. 환자용 큰 안락의자가 중앙을 차지한다. 피가로는 토와즈〔옛날 프랑스에서 쓰인 길이의 단위. 약 1.949미터〕 자를 가지고 마루폭을 잰다. 수잔느는 화장대 앞에서 '신부의 모자'라 불리는 조그만 오렌지 꽃다발을 머리에 얹고 있다.

1장

피가로, 수잔느.

피가로 26자에 19자라.

수잔느 피가로 씨, 이 모자 좀 보세요. 이렇게 하니 잘 맞죠?

피가로 (그녀의 손을 잡고) 비교할 수 없을 정도지. 결혼식 날 아침에 신랑이 노리끼리한 꽃송이들을 머리에 얹고 있는 신부를 보는 것보다 더 멋진 일은 없지.

수잔느 (물러가며) 당신은 거기서 무엇을 재는 거죠?

피가로 백작 나리에게서 받은 침대가 이 방에 어울리는가 어떤가 재보는 거지.

수잔느 이 방에요?

피가로 이 방을 우리에게 준다니까.

수잔느 그렇지만 이 방은 싫어요.

피가로 왜?

수잔느 마음에 안 드니까.

피가로 그 이유를 말해야지.

수잔느 말하고 싶지 않다면?

피가로 아! 나를 골릴 작정이군.

수잔느 그게 아니고…… 내가 그 이유를 설명 못 하는 것은 확실하지 않다는 증거겠죠. 당신은 내가 좋아요? 싫어요?

피가로 주인과 마님 두 방 사이에 있는 이 방은 우리에겐 가장 편리한 방일 텐데, 수잔느가 싫어하는 까닭을 전혀 모르겠는데. 밤중에 부인이 불편해서 벨을 울린다면 너는 두 발짝이면 갈 수 있잖아. 그리고 나리가 무엇이 필요해서 벨을 울리면 나는 세 걸음만 뛰면 제꺽 갈 수 있고.

수잔느 그건 그렇지요. 하지만 아침에 나리가 당신에게 무슨 시간이 걸리는 일을 시키고서 그 사이에 나리께서 단 세 발로 제꺽 이 방에 올 수도 있고요. 그렇게 되면 금방……

피가로 그게 무슨 뜻이지?

수잔느 차근차근히 들어보란 말예요.

피가로 뭐야? 무슨 일이 있었어?

수잔느 내 말은 말이죠, 피가로. 알마비바 백작은 이 근처의 미인들을 쫓다가 지쳐서 이제는 이 성으로 돌아오려고 하거든요. 그것은 부인에게로 오는 것이 아니고 나한테 눈독을 들여놓았기 때문이에요. 알겠어요?

그런데 이 방은 그 위치나 조건이 잘 갖추어져 있단 말이에요. 쾌락을 쫓는 데만 충실한 거룩하신 노래 선생님 바질르 나리께서 매일 공부할 적마다 나한테 그런 말을 해주었어요.

피가로 바질르가? 놈의 근성을 몽둥이로 때려서 고칠 수만 있다면……

수잔느 나리가 나한테 주는 결혼 지참금이 당신의 충성에 대한 보상이라고 생각해요?

피가로 난 충분히 그럴 만한 일을 했다고 생각하는데.

수잔느 재치 있는 사람도 때로는 모자라는 데가 있군요.

피가로 모두들 그러는데?

수잔느 하지만 사실은 그것을 믿지 않거든요.

피가로 아니야. 그건 잘못 안 거지.

수잔느 나리는 그 지참금을 미끼로 나와 단둘이서 남몰래 한 15분 만날 뱃심이에요. 보다시피 요사이 무척 풀이 죽어 있지 않아요?

피가로 내 생각엔 백작이 결혼했을 때 그런 수치스런 권리는 포기한 것으로 알고 있는데……. 그렇지 않다면 나리가 우리들의 결혼을 찬성할 리가 없지 않아?

수잔느 그건 그래요. 하지만 지금은 그것을 후회하고 있을 거예요. 그래서 오늘 밤 은밀히 그 권리를 나한테 행사하려고 그러는 거예요.

피가로 (머리를 치며) 어이구 골치야.

수잔느 그렇게 이마를 두들기지 말아요.

피가로 왜 위험한가?

수잔느 (웃으며) 종기라도 생기면 오쟁이 진 남편 소리를 들으려고.

피가로 이런, 웃고 있어? 그 위대한 색한을 올가미에 걸어놓고 돈을 몽땅 뺏을 방법은 없나?

수잔느 음모와 돈 버는 것이 당신 전문 아녜요?

피가로 수치심 때문에 그걸 못 하는 건 아니야.

수잔느 그러면 겁나서 그러나요?

피가로 위험한 일을 꾸미긴 쉬운데, 위험을 어떻게든지 잘 빠져나가는 것이 더 중요하지. 밤에 남의 집에 들어가서 그 부인을 슬쩍하고 나서 몽둥이 백 대를 맞는 것은 어떤 바보도 할 수 있는 일이지. 하지만 나야……

안에서 벨 소리가 들린다.

수잔느 부인이 잠이 깨었군요. 우리들의 결혼식 날 아침엔 제일 먼저 나하고 이야기하겠다고 했으니까.

피가로 아니 무슨 이유라도 있나?

수잔느 점쟁이 말이 그렇게 하면 나리한테 버림받은 부인이 다시 행복해질 수 있다나요? 피, 피, 피가로 우리들 일 좀 생각해봐요.

피가로 기발한 생각이 떠오르도록 키스해줘, 수잔느.

수잔느 오늘은 그렇게 말하지만 내일부터 남편이 된 다음엔 무어라고 할까?

피가로가 그녀를 포옹한다.

수잔느 그만 그만…….

피가로 당신은 내 사랑을 몰라주는군?

수잔느 (그에게서 빠져나오며) 당신은 언제쯤 되면 그런 말을 안 하겠어요? 아침부터 밤까지 그 사랑 소리만 하니…….
피가로　(멍하게) 밤부터 아침까지 당신이 그 증거를 잡을 때까지.

두 번째 초인종이 울린다.

수잔느　(멀리서 손가락을 입에다 대고) 이것이 당신에게 주는 키스예요. 이 정도로 만족하세요. (퇴장)
피가로　(쫓아가며) 내가 당신한테 준 것은 그 정도가 아니었는데.

2장

피가로　(혼자서) 아, 멋진 여자야. 항상 웃고, 젊고, 쾌활하고, 재치 있고, 애정이 깊고, 정열적이고, 그러면서도 그 현명하기란……. (손을 비비면서 걷는다) 아 나리, 나의 친애하는 나리, 도대체 나리는 수잔느를 제게 주시려는 겁니까? 나리 곁에 두시려는 겁니까? 알 수 없습니다. 왜 나리가 나를 문지기로 임명하고 대사관(大使館)에까지 데리고 가고 통신원으로까지 임명했는지 이제 알겠습니다. 한꺼번에 세 계급이나 올라갔지요. 나리는 대사고 나는 피곤하게 뛰어다니는 말단 관리, 그리고 수잔느는 하녀, 집안의 심부름꾼, 나리는 내 아내와 재미를 보고 내가 나리 집안의 명예를 위해서 먼지를 뒤집어쓰고 몹시 고생하며 일하는 동안 나리는 내 자식들이나 만들어주려는 그 친절, 이것은 멋진 교환이군. 하지만 나리, 그것은 너무 하죠. 런던에 가서 당신이 주인과 하인 노릇을 한꺼번에 하시겠다고요! 멀리 외국에까지 나가서 국왕과 하인 피가로 두 사람 몫을 한꺼번에 대리하려 하는 것은 너무나 지나친 욕심이지요. 그런데 바질르란 새끼, 악당 요놈아. 네 다리를 부러뜨려 지팡이에 매달려 다니는 법을 가르쳐주마. 아니 그 녀석들에겐 모든 것을 숨겨두는 게 좋지. 그래서 제 꾀에 넘어가게 할 테다. 그보다는 피가로 나리, 오늘 하루가 문제다. 시간을 당겨서 결혼식을 빨리 하도록 해야지. 당신이 무척 좋아하는 마르셀린느를 쫓아버리고 돈과 선물만 손에 넣고 백작의 변덕을 잘 조종하고 바질르 씨도 꼼짝 못하게 만들어야지. 그리고……

3장

마르셀린느, 바르톨로, 피가로.

피가로 (말을 중단하고) 헤! 아, 의사 선생님이시군. 혼례 준비는 다 됐습니다. 아, 선생님 어서 오십시오. 저와 수잔느의 결혼을 위해서 이 성까지 오셨군요.

바르톨로 (멸시하는 어조로) 천만에 말씀……

피가로 이렇게 와주셔서 고맙습니다.

바르톨로 그렇다! 바보 같은 놈아.

피가로 당신 결혼식 때는 제가 매우 폐를 끼쳐드렸죠?

바르톨로 또 할 말 있소?

피가로 이제는 당신의 코빼기를 보는 것도 질색이오.

바르톨로 (화내며) 시끄러워! 좀 조용히 해요.

피가로 이거 대선생님께서 화를 내시다니……. 당신 같은 신분의 사람은 언제나 인정머리가 없지. 사실 우리네 같은 중생에게는 동정을 할 리 없지. 그렇지만 그래도 사람은 사람이오. 잘 가쇼. 마르셀린느, 아직도 나를 고소할 생각인가요? 사랑하지 않으려면 미워해야지. 하여튼 선생님에게 일임하겠습니다.

바르톨로 무엇을?

피가로 마르셀린느가 알고 있을 겁니다. (나간다)

4장

마르셀린느, 바르톨로.

바르톨로 (그가 간 곳을 보며) 저 거지 같은 녀석은 밤낮 그 꼴이야. 주릿대를 안기지 않으면 말할 수 없이 건방져지거든.

마르셀린느 (그를 보며) 정말이지 당신 같은 신중하고 고지식한 의사 나리한테 가는 환자는 기다리다 다 죽겠어요. 마치 당신이 그처럼 애를 써도 백작 나리가 당신 애인을 뺏어가듯이 말이죠.

바르톨로　당신은 언제 봐도 도전적이군. 도대체 나를 성으로 부른 것은 무엇 때문이오? 백작 나리에게 무슨 일이라도 일어났소?

마르셀린느　아뇨, 선생님.

바르톨로　그럼 날 배반한 그 백작부인 로진느가 병이라도 들었다는 말인가?

마르셀린느　그분은 요사이 매우 시름없이 지낸답니다.

바르톨로　그것은 왜?

마르셀린느　나리가 돌보지 않으니까.

바르톨로　(좋아서) 허, 더 잘됐군. 내 대신 백작이 복수해주는군.

마르셀린느　나리를 어떻게 설명해야 좋을지 모르겠어요. 질투를 하면서도 제멋대로니까요.

바르톨로　권태로우니까 제멋대로고 질투는 그냥 허영심 때문이겠지. 그건 말할 것도 없어.

마르셀린느　말하자면 오늘 백작은 수잔느와 피가로를 결혼시키려 하거든요…….

바르톨로　그러고 보면 백작 나리도 요사이는 그들을 좀 돌보아주는 모양이군.

마르셀린느　그렇다고는 볼 수 없지요. 천만에요, 그렇게 만들어놓고 그 곁에서 신부와 즐기려는 심보죠.

바르톨로　아, 피가로의 부인하고 말이겠지. 그 녀석 그 꼴 당해

싸지.

마르셀린느 하지만 바질르의 말을 들어보니 그렇게 잘 될 것 같지 않은데.

바르톨로 아, 그 녀석도 여기 사나? 악마의 소굴이군. 녀석은 여기서 뭘 하지?

마르셀린느 나쁜 일이면 무엇이든 다 하죠. 그 중에서 제일 귀찮은 것은 그 녀석이 오래전부터 나에게 품은 권태로운 정념이죠.

바르톨로 나 같으면 얼마든지 그것을 피할 수 있을 텐데.

마르셀린느 어떻게요?

바르톨로 그와 결혼해버리지.

마르셀린느 당신은 잔인하고 남의 속을 모르는 사람이에요. 당신이야말로 나와 결혼함으로써 방해자를 쫓아내야 하지 않아요. 당연히 그렇게 해야 하지 않아요. 왜 약속을 안 지키죠? 그처럼 강한 약속도 다 잊었나요? 우리 둘 사이에 에마뉴엘이란 아이도 태어났고, 그러니 우리는 당연히 결혼을 해야 하지 않아요?

바르톨로 (모자를 벗고) 그러면 세비야에서 여기까지 날 일부러 불러서 그런 소릴 들려주고 싶었소? 게다가 그렇게 급한 결혼병에 걸렸소?

마르셀린느 그만두어요. 하지만 이치에 맞게 당신이 나와 결혼은 해주지 않더라도 적어도 내가 다른 남자와 결혼할 수 있도록 도와주셔야죠.

바르톨로 물론이지, 말해봐요. 하지만 도대체 어떤 못난 녀석이 당신을 선택했소?

마르셀린느 무슨 말씀을…… 의사 선생. 미남이고 명랑하고 상냥한 피가로가 아니면 누구겠어요?

바르톨로 그 악당 놈이야?

마르셀린느 기분 상하지 마세요. 그로 말하면 항상 명랑하고 현재를 즐겁게 지내며 미래에 대해서나 과거에 대해선 별로 걱정하지 않고 언제나 쾌활하고 관대하죠.

바르톨로 꼭 도둑놈같이 말이지?

마르셀린느 아니 성주같이 말이죠. 볼수록 매력 있고 상당한 인물이니까요.

바르톨로 그러면 수잔느는?

마르셀린느 그러한 간사한 계집애에게 그를 양보할 수 있나요? 당신이 나를 도와서 나와 피가로 사이에 이루어진 약속을 지킬 수 있게 해준다면 정말 고맙겠어요.

바르톨로 오늘이 벌써 결혼식인걸.

마르셀린느 일이 더 진전돼도 파혼시키는 건 문제 없어요. 내가 여자들의 사소한 비밀을 폭로해버리기만 한다면…….

바르톨로 몸을 보이는 의사에 대해서도 여자가 비밀을 가질 수 있나.

마르셀린느 당신에 대해서는 나는 비밀이 없죠. 그건 뻔하죠. 하지만 여자는 정열적이면서도 겁이 많아서 아무리 아름답고 맘에 들어도 쉽사리 끌려가지는 않죠. 제아무리 어떠한 여자라도 아름다울 수도 현명할 수도 있겠지만, 그보다 항상 신중해야 한다는 것은 아닐까요. 그러니 신중하다는 것이 가장 중요하다는 것을 여자는 알죠. 그러니 나리가 수잔느를 좋아한다는 것을 폭로해서 그애를 떨게 해주면 되죠.

바르톨로 그러면 어떻게 된단 말이지?

마르셀린느 그렇게 되면 그애는 부끄러워서 나리를 곁에 못 오게 하겠죠? 그때 내가 피가로의 결혼에 대해서 이의를 신청하거든요. 그러면 나리는 그것을 안 받아들일 수 없게 될 것이니 결국 내가 승리하는 건 확실하죠.

바르톨로 그거 그럴듯하군. 음, 내 애인을 빼앗아가는 데 협력한 그 녀석을 이 할멈과 결혼시키는 것도 괜찮은데······.

마르셀린느 (빨리 말하며) 내 희망을 꺾고 기뻐하는 피가로하고 부부가 되다니.

바르톨로 (재빨리) 그리고 그놈은 지난번에 나한테서 백 에퀴〔프랑스 금화〕를 속여먹은 놈이지.

마르셀린느 아, 정말 기쁘군요.

바르톨로 그 악당을 혼내주어야지.

마르셀린느 그애하고 결혼할 수 있겠어요? 네? 의사 선생님.

5장

마르셀린느, 바르톨로, 수잔느.

수잔느 (큰 리본 달린 모자를 손에 들고 옷을 팔에 걸고) 그이와 결혼한다고요? 누구하고요? 나의 피가로하고요?

마르셀린느 (빈정대며) 무슨 소릴? 아가씨가 피가로하고 결혼하겠죠.

바르톨로 (웃으며) 여자들의 싸움은 재미있는데. 수잔느 양 당신과 같이 살게 될 그 녀석은 행복하겠어.

마르셀린느 백작 나리는 어떻게 하고요. 피가로는 그걸 모르고 있거든요.

수잔느 (예의를 갖추며) 감사해요. 당신 말은 뭔지 모르게 씁쓸하군요.

마르셀린느 (인사하며) 감사해요. 그렇다면 무엇이 쓸까요? 방탕한 나리가 하인들에게 기쁨을 주고 자기도 조금 맛보는 게 나쁜가요?

수잔느 기쁨을 준다고요?

마르셀린느 그렇고말고요.

수잔느 천만에요. 백작부인의 심한 질투심도 그리고 나리의 피가로에 대한 권리도 대단치 않다는 것을 전 다 알고 있는데요.

마르셀린느 그렇게 되면 마님만이 외롭게 되겠지요.

수잔느   그게 무슨 말이죠? 딱하게도, 그분은 태도가 훌륭한 분인데.

마르셀린느   하지만 그 자식들은 그렇지 않죠. 늙은 판사처럼 순진하니까.

바르톨로   (마르셀린느를 잡아당기며) 피가로의 약혼자여, 안녕히 계십쇼.

마르셀린느   (인사하며) 나리의 비밀의 애인!

수잔느   (인사하며) 나리는 당신과 친근하지요.

마르셀린느   (인사하며) 나를 조금 귀여워해주시기 바랍니다.

수잔느   (인사하며) 그거야 쉬운 일이죠.

마르셀린느   (인사하며) 당신은 참 친절한 분이군요.

수잔느   (인사하며) 그러나 당신 비위를 맞춰드려야 하니까요.

마르셀린느   (인사하며) 그야 물론 존경받을 만한 사람이니까요.

수잔느   (인사하며) 그야 할멈이니까 그럴 만하죠.

마르셀린느   (화가 나서) 할멈이라고, 할멈이라고.

바르톨로   (마르셀린느를 말리며) 마르셀린느.

마르셀린느   자, 갑시다. 의사 선생, 더 참을 수 없군요. 수잔느 잘 있어요.

   인사.

6장

수잔느 (혼자) 가세요, 아주머니, 잘난 마누라. 제가 무슨 욕을 하건 까딱이나 할 줄 알고요? 저 마귀 같은 할멈 그래도 약간의 공이 있고 백작부인이 젊었을 때 좀 돌보아준 것이 있다 해서 성안을 온통 휘두르는군. (가져온 옷을 의자 위에 던지며) 내가 무엇 하러 왔던가 잊어버렸는데.

7장

수잔느, 세뤼벵.

세뤼벵 (달려오며) 아, 수잔느. 두 시간 전부터 당신 혼자 있길 기다렸어. 할 수 없군! 당신은 결혼하고, 난 나가야 하다니.
수잔느 내가 결혼하는데 네가 왜 성에서 나가야 하니?
세뤼벵 (딱한 표정으로) 수잔느, 백작께서 나를 쫓으니까요.
수잔느 (그를 흉내내며) 세뤼벵, 무슨 어리석은 일을 했겠지.
세뤼벵 어제 저녁 내가 당신 사촌 팡세트 집에 가서 오늘 밤 축하 파티에 할 광대 연습을 시키는데 나리가 와서 보더니 화가 잔뜩 나서 "이놈 나가!" 하고서 여자 앞에서 감히 할 수 없는 욕을 했어. "나가! 내일부터 성에 있으면 안 돼" 하셨지. 그러니 어여쁜 마님께서 나의 대모 자격으로 나리에게 용서를 청하지 않는다면 나는 오늘 밤 여기 있을 수가 없게 돼. 그러니 수잔느 당신을 만날 수 있는 기쁨도 상실하고.

수잔느   나를 보겠다고? 이번에 내 차례인가? 조금 전까지도 주인 마님을 남몰래 좋아하더니 이젠 체념해버렸나?

세뤼벵   응, 수잔느. 정말 마님은 품위가 있고 예쁘시지만 너무 위엄이 있어.

수잔느   나는 그렇지 않으니까 감히 내 곁에는 올 수 있단 말이지?

세뤼벵   내 마음 잘 알면서, 심술쟁이 수잔느. 내가 어떻게 그럴 수가 있어? 하지만 당신은 얼마나 행복하냔 말이야. 언제나 만나고 싶을 땐 그녀를 만나고 이야기를 할 수도 있고 아침엔 옷 입는 것을 돕고 밤에는 핀을 하나씩 빼며 옷을 벗겨주고 말이야. 아! 수잔느. 내가 그런 일을 할 수 있다면……. 한데 손에 가지고 있는 게 뭐지?

수잔느   (놀리면서) 아! 이거 말이지? 밤에 어여쁜 마님의 머리를 싸주는 행복한 모자하고 리본이야.

세뤼벵   (들떠서) 그분의 잠자리 리본이라고? 그것 나한테 줘. 응? 수잔느.

수잔느   (그것을 감추며) 안 돼! 참 년 뻔뻔스럽구나. 네가 보잘것없는 개구쟁이가 아니라면…….

세뤼벵이 리본을 뺏는다.

어머, 리본!

세뤼벵   (안락의자 주위를 돌면서) 어디다 잘못 놔서 없어졌다든가, 잃어버렸다든가, 더러워졌다든가, 마음대로 이야기할 수 있잖아.

수잔느   (그의 뒤를 쫓아가며) 벌써부터 그러다가는 3, 4년 후면 정말 나쁜 놈이 돼. 빨리 리본을 내놔.

세뤼벵   (호주머니에서 사랑의 노래책을 꺼내며) 그러지 말고 가만히 있어. 수잔느. 그 대신 이 연가(戀歌)를 줄게. 앞으로 언제나 마님을 혼자 생각해야 할 때는 눈물이 날 텐데 그때 너를 생각하면 기쁨의 빛이 되어 나를 위로해주겠지.

수잔느   (연가를 뺏어 들고) 너의 마음을 위로해준다고? 건방진 소리 마! 넌 나를 지금 팡세트로 알고 하는 소리냐? 이 녀석아! 마님을 그리워하면서 팡세트 방에 있다가 나리한테 들키고 그러고도 모자라서 나한테 또 와서 치근덕거리는 거냐?

세뤼벵   (흥분하며) 그 말이 옳기는 해. 나도 어찌된 영문인지 모르니까. 다만 요사이 가슴이 설레고 여자만 보아도 심장이 뛰고 사랑, 즐거움, 이런 말만 들어도 안절부절못하고, 아무에게라도 "나는 당신을 사랑합니다" 하고 말하고 싶어 못 견디게 정원을 뛰어다니며, 혼자서 마님이나 당신이나 나무나 구름에 나의 헛된 말을 불어버리고 바람에게까지도 그 말을 지껄이고 싶어서 어제는 마르셀린느를 만났지.

수잔느   (웃으며) 호호.

세뤼벵   왜 웃어? 마르셀린느도 여잔 여자지, 처녀 아니냔 말이야? 여자, 아! 얼마나 부드러운 말이야, 얼마나 흥미로운 거냔 말이야.

수잔느 이 녀석 미쳐가는군.

세뤼벵 팡세트는 참 온순하지. 내 말은 다 들어주니까. 그런데 수잔느는 그렇지 않아.

수잔느 그거 안됐구먼. 내 말 좀 들어봐. (리본을 뺏으려 한다)

세뤼벵 (도망치며 뒤를 보고) 안 되지. 죽어도 못 내놔. 내가 준 그 연가로 부족하다면 천 번이라도 입을 맞추어줄 수 있지. (이번에는 수잔느를 쫓아간다)

수잔느 (도망치며 뒤를 보고) 가까이 오면 따귀를 천 번 쳐줄 테야. 마님한테도 이를 테야. 나리에게 잘 말해주긴커녕 오히려 나리보고 "잘하셨습니다. 저 자식, 도둑놈은 쫓아버려야죠. 뻔뻔스럽게도 마님을 사랑하고 그 나머지 시간에 나를 잡아 입을 맞추려 하고 그 따위 쓸데없는 놈은 양친에게 보내드려야죠" 하고 말해줄 테니까.

세뤼벵 (백작이 들어오는 것을 보고 놀라서 안락의자 뒤에 숨는다) 큰일 났다.

수잔느 왜, 놀라지?

8장

　　　　　수잔느, 백작, 세뤼벵(숨어 있음).

수잔느　(백작을 보고) 아! (안락의자에 가서 세뤼벵을 감춘다)
백작　(가까이 오며) 너 몹시 흥분해 있구나? 혼자 중얼대다니 이상하군. 너의 조그만 가슴이 울렁거리나 보지! 오늘 같은 날씨엔 그럴 수도 있어.
수잔느　(당황하면서) 나리 왜 이러세요? 저와 같이 계신 걸 누가 보기라도 한다면······.
백작　누가 보면 나도 곤란하지. 하지만 내가 널 특별히 생각하는 것을 알겠지? 바질르가 너에게 내 생각을 알렸을 거야. 잠깐만 다시 설명할 테니 좀 들어봐. (의자에 앉는다)
수잔느　(격렬하게) 듣고 싶지 않아요.
백작　(손을 잡으며) 한마디만. 너도 알겠지만, 왕이 나를 런던 대사로 임명했어. 피가로를 데려가는데, 난 그애에게 아주 좋은 직위를 줄 작정이야. 부인으로서의 의무는 남편을 따라가는 거니까, 당연히······.
수잔느　아! 내 생각을 감히 말할 수만 있다면.
백작　(그녀에게 다가서며) 말해봐, 얘야! 네가 나에 대해서 평생 가지고 있는 권리를 오늘 지금 행사해봐라.
수잔느　(놀라서) 저에겐 그런 것은 필요 없어요. 제발 저를 놓아주세요, 나리.

백작 먼저 말해보라니까?

수잔느 (화내며) 내가 말하려던 걸 잊었어요.

백작 여자의 의무에 관한 얘기야……

수잔느 좋아요, 나리는 의사에게서 부인을 훔쳐서 결혼하셨어요. 그러고 보면 부인에 대한 그 나리의 엄청난 권리도 이젠 없어졌군요.

백작 (쾌활하게) 여자를 괴롭힐 권리가 없다고? 아, 수잔느! 그 멋진 권리 말이지? 네가 해질 무렵에 정원 구석에서 그 말을 했다면 그것을 염두에 두겠지만…….

바질르 (밖에서) 나리가 방에 안 계신데?

백작 (일어서며) 거 누구 소리야?

수잔느 어떻게 하면 좋아요?

백작 피해! 누가 들어오기 전에, 어서!

수잔느 (당황하며) 그럼 나린, 여기 계시고요?

바질르 (밖에서 소리친다) 나리는 마님 방에 계셨다가 나가셨어요, 한번 찾아보죠.

백작 아, 숨을 데가 있어야지. 아, 의자 뒤에 숨어야지. 운이 없군. 하여튼 빨리 쫓아버려.

수잔느는 길을 가로막고 그는 수잔느를 떠민다. 그녀는 물러서고 그녀는 백작과 세뤼벵 사이에 든다. 백작이 몸을 굽히고 자기 자리를 차지하는 동안 세뤼벵은 자리를 바꾸다 놀라서 의자 위에서 무릎을 굽히고 쪼그리고 있다. 수잔느는 가져온 의복으로 세뤼벵을 덮고 안락의자 앞에 서 있다.

9장

백작. 숨어 있는 세뤼벵. 수잔느. 바질르.

바질르 아가씨! 나리를 못 봤나요?
수잔느 (갑작스럽게) 내가 어떻게 봅나요? 나는 몰라요.
바질르 (가까이 오며) 조금만 더 생각해본다면, 내 질문이 이상할 리가 없을 텐데? 피가로가 나리를 찾고 있는 건데.
수잔느 피가로는 그의 마음에 가장 들지 않게 구는 사람을 찾는군요.
백작 (속으로) 저 녀석은 나를 어떻게 생각하나 봐야지.
바질르 부인에게 친절한 것이 남편에게 나쁜 음모인가요?
수잔느 아니지요. 당신 같은 사람이 근본적으로 나쁘죠. 나쁜 일의 끄나풀 노릇이나 하고.
바질르 아니 누가 당신더러 남에게 무턱대고 호의를 베풀지 말라는 명령이라도 했소? 어제까지 금지되었던 당신의 결혼식이 곧 허락되는 달콤한 이 마당에.

27

수잔느　듣기 싫어요.

바질르　세상에는 중대한 일이 많지만 그 가운데서 내 생각에는 결혼이 제일 우스꽝스러운 일이지.

수잔느　(화내며) 별꼴이야! 누가 맘대로 이 방에 들어오랬죠?

바질르　그게 심술이라는 거지. 화내지 마! 어차피 당신 뜻대로 되겠지. 좀 진정해요. 나는 피가로가 나리의 방해물이라고는 생각하지 않으니까요. 다만 그 하인 놈만은 별도지만.

수잔느　(머뭇거리며) 세뤼벵이오?

바질르　(흉내를 내며) 사랑에 미친 세뤼벵 말이지. 그 녀석은 아침만 해도 내가 떠난 다음에 이 방에 들어오려고 알짱거렸으니까. 거짓말인 줄 아나?

수잔느　참 뻔뻔스럽군요. 나가세요.

바질르　관찰력이 있기 때문에 뻔뻔스러운 거죠. 그 녀석이 숨기고 다니던 그 연가(戀歌)도 아마 당신이 가지고 있겠죠.

수잔느　(화내며) 그래요, 나한테 주려고 한 거예요.

바질르　마님을 위해서 쓴 게 아니라면 괜찮겠지만, 사실 그 녀석이 식탁을 차릴 때 마님을 보는 눈초리는 무엇이라도 뚫을 듯했으니까. 죽일 놈, 검은 맘을 품다니, 너무 심한데. 나리가 그걸 알면 벼락이 떨어질 테니까.

수잔느　(분개해서) 그런 소문을 퍼뜨려서 그 가엾은 애가 나리한테 혼이 나게 하다니. 당신은 퍽 나쁜 사람이군요.

바질르　그것은 내가 만든 말이 아니죠. 모두 그러니까 나도 그러는 것이죠.

백작 (일어나며) 뭐, 모두 그런다고?

수잔느 아! 이를 어쩌지?

바질르 하, 하!

백작 바질르, 빨리 가서 그놈을 쫓아버려.

바질르 잘못 들어왔군.

수잔느 (당황하며) 아, 어쩌나!

백작 (바질르에게) 오, 놀랐구먼. 저 안락의자에나 앉혀줘.

수잔느 (그를 밀어젖히며) 앉고 싶지 않아요. 남의 방에 함부로 들어오다니⋯⋯ 무슨 실례예요.

백작 우리 셋뿐이지, 걱정할 것 없소.

바질르 나리 앞에서 세뤼벵에 대해서 농담해서 죄송합니다. 별 감정이 있어서 그런 것이 아니니까요. 그의 마음을 알아보려고 그런 거죠.

백작 돈 50피스톨과 말 한 필을 주어서 제 아비한테 보내버려.

바질르 농담을 진담으로 받아들이시다니⋯⋯.

백작 아니야. 그 녀석이 어제도 정원지기 딸에게 치근덕거리는 것을 보았단 말이야.

바질르 팡세트와 말이죠?

백작 그 아이 방에서 말이야.

수잔느 (화내며) 나리도 팡세트에게 일이 있어서 가셨겠죠?

백작 (유쾌하게) 그러한 관측은 마음에 드는데.

바질르 점쟁이같이 알아맞히는데요.

백작 (유쾌하게) 실은 그런 것이 아니지. 너의 아저씨 정원지기 안토니오 술꾼에게 일이 있어 찾으러 간 거지. 문을 노크했지만 통 열어주지 않거든. 겨우 열어주어 안에 들어가니 너의 사촌 팡세트가 당황해버린 표정을 하고 있잖아. 이상하게 생각하고 얘기를 하면서 눈여겨보았지. 문 뒤에 커튼 같기도 하고 옷걸이에 걸린 외투 같기도 한 이상한 옷 뭉치가 있지 않아? 그래서 조용히 커튼을 헤쳐보니까 (행동을 흉내내며 의자 위의 옷을 든다), 여기에 누가 있었던 거 아냐? (세뤼벵을 본다) 악……!

바질르 하!

백작 이 연극은 아주 멋지군.

바질르 지난번 연극보다 멋진데요.

백작 (수잔느에게) 정말 멋지지. 막 약혼을 했는데 이게 무슨 짓이야. 네가 혼자 있고 싶어 한 것은 요놈 때문이군. 그리고 너는 대모(代母)에 대한 존경도 없이 너의 동년배 피가로의 부인이 될 제일(第一) 시녀에게 치근덕거리는 거냐? 나는 내가 아끼고 사랑하는 피가로가 이렇게 배반당하는 것은 묵과할 수 없다. 바질르! 피가로는 자네와 같이 있었지?

수잔느 (화내며) 희생이나 배반 같은 건 없어요. 그애는 나리가 이야기할 때도 여기 있었으니까요.

백작 (화내며) 거짓말도 적당히 해. 제아무리 잔인한 적이라도 이런 참혹한 일은 할 수 없는 거야.

수잔느   이애는 마님에게 부탁해서 나리의 용서를 청하려고 나에게 온 거죠. 나리가 오셔서 그는 너무 당황하여 이 의자에 숨은 거예요.

백작   (화내며) 아주 교활하군. 내가 들어오자 그 위에 앉지 않았어?

세뤼벵   나리, 그때 저는 뒤에서 떨고 있었죠.

백작   또 속이려 그러는군. 의자 뒤엔 내가 숨어 있었는데.

세뤼벵   죄송합니다. 그래서 저는 의자 속에 숨었죠.

백작   (더욱 화내며) 점점 괘씸하군. 이 녀석, 뱀 같은 녀석, 너 우리 얘길 다 들었지?

세뤼벵   아닙니다. 저는 아무것도 안 들으려고 귀를 막고 있었습니다.

백작   나쁜 녀석. (수잔느에게) 너는 피가로와 결혼하긴 틀렸어.

바질르   진정하십시오. 누가 옵니다.

백작   (세뤼벵을 의자에서 끌어내 똑바로 세우며) 모든 사람에게 본보기로 잘 보이도록 여기 서 있어.

10장

　　세뤼벵, 수잔느, 피가로, 백작부인, 백작, 팡세트, 바질르, 그 외에 많은 하인, 흰 옷을 입은 남녀 백성들.

피가로 (손에 흰 털과 흰 리본으로 장식한 부인용 모자를 들고 백작부인에게 말한다) 마님, 우리를 위해서 말해줄 분은 마님밖에 없어요.

백작부인 보십시오. 당신, 사람들은 나에게 아무 힘이 없는데도 힘이 있는 줄 알고 있어요. 하지만 그들의 청도 무리한 것은 아니지요······.

백작 (당황하며) 그 소원이 지나친 무리라면 오히려 좋을 텐데.

피가로 (수잔느에게 낮은 소리로) 너도 나에게 힘을 합해.

수잔느 (피가로에게 낮은 소리로) 헛수고야.

피가로 (낮게) 하여튼 해봐.

백작 (피가로에게) 그래 할 말이 뭐야?

피가로 나리, 실은 나리의 종들이 나리가 여자를 손대는 권리를 포기하고 부인에 대한 사랑을 간직한 데 대해 대단히 감동하고 있습니다.

백작 알겠어. 그런 권리는 내겐 없지. 그래서 어쩌란 말인가?

피가로 (짓궂게) 지금은 나리의 높으신 덕망이 백성에게 빛나야만 할 때입니다. 이 보잘것없는 천민으로 부탁드리긴 죄송하지만 오늘 저의 결혼식을 기하여 제일 먼저 제가 그 은혜를 입고 축복을 받고 싶습니다.

백작 (더욱 당황하며) 농담은 집어치우게. 창피한 권리를 취소한다는 것은 인류에 대한 빚을 갚는 게 아닌가. 스페인 무사는 마땅히 미인을 온갖 힘을 다해서 정복해야지. 하나 노예에게 강요하듯 모든 처녀들의 첫날밤을 요구한다는 것은 방다르〔스페인을 침범했던

옛 게르만 민족]식의 폭정이니 명예로운 카스티유 귀족에게는 인정할 수 없는 권리지.

피가로 (수잔느의 손을 잡고) 그러하옵기에 나리의 그 현명함으로 인하여 오늘까지 체면을 유지한 이 처녀에게 흰 털과 리본이 달린 혼례모를 나리가 손수 순수한 마음의 상징으로 여러분 앞에서 씌워주십시오. 그리하여 앞으로 모든 결혼식의 절차를 이런 방식으로 정하고 성가대가 부르는 노래 가사 속에 이 아름다운 추억을 영원히 간직하게 말이죠…….

백작 (당황하며) 사랑하는 남자, 시인, 음악가, 이런 것들은 미친 짓을 해도 용서를 받을 권리가 있다는 것을 알고는 있지…….

피가로 여러분들 나와 함께 애원해봅시다.

일동 나리! 나리!

수잔느 (백작에게) 나리께서 응당 받으실 칭송을 왜 거절하시려 듭니까?

백작 (방백) 저런 괘씸한 계집 같으니.

피가로 나리, 좀 보세요. 나리께서 이런 고운 아가씨를 위해 희생의 미덕을 베푸실 기회가 앞으로 또 있겠습니까.

수잔느 내 얼굴 애긴 빼고 나리의 덕망을 찬양해야죠.

백작 (방백) 수작을 떠는군.

백작부인 저도 그들과 같은 의견입니다. 이 결혼식은 나에겐 퍽이나 소중한 것입니다. 그것은 당신의 나에 대한 매혹적인 사랑의 동기도 되니까요.

백작 그야 난 언제나 당신을 사랑하지. 내가 부인의 소원을 들어주는 것도 그 때문이니까.

일동 만세!

백작 (속으로) 걸렸구나. (큰 소리로) 결혼식을 좀 더 화려하게 하기 위해서 혼례모를 주는 것은 좀 연기해야겠어. (방백) 그 사이에 마르셀린느나 빨리 불러 와야지.

피가로 (세뤼뱅에게) 뭐야? 이놈! 너는 찬성 않는 거야?

수잔느 그는 풀이 죽었어요. 나리가 내쫓아버려서.

백작부인 여보, 용서해주도록 하세요.

백작 그럴 자격이 없는 놈이야.

백작부인 이런 어린애를.

백작 당신이 생각하는 정도로 어린애는 아냐.

세뤼뱅 (떨면서) 저를 용서해준다는 것과 나리가 마님과 결혼할 때 폐지하기로 정한 성주의 첫날밤 권리는 별도의 것이지요.

백작부인 나리는 모든 사람을 괴롭히는 권리만 포기했지.

수잔느 정말 나리께서 관대하게 용서하는 권리를 포기하셨다면 무엇보다도 먼저 그 권리를 되찾으려 하시겠죠?

백작 (당황하며) 물론이지.

백작부인 그건 왜 그러시죠?

세뤼뱅 (백작에게) 저는 행실은 경솔해도 말은 실수하는 적이 없습니다.

백작 (당황하며) 알았어.

피가로　이 녀석 무슨 소리를 들었나 보지.

백작　(급히) 알았어. 전부 용서해주라니까 용서해주지. 그리고 내 군대에 편입해서 장교를 시켜주지.

일동　만세!

백작　하지만 지금 당장 카탈루냐 부대로 출발한다는 조건 하에서야.

피가로　나리, 내일 떠나게 하시면 어떨까요?

백작　(고집부리며) 안 돼.

세뤼벵　갈씀대로 하겠습니다.

백작　대모에게 인사하고 앞으로의 일을 의논해봐라.

　　　세뤼벵은 백작부인 앞에 무릎을 꿇고 말을 못 한다.

백작부인　(감동되어) 하루를 더 쉬지 못하게 하니 당장 떠나게. 새 지위가 너를 부르지 않아? 자, 가서 그 일을 힘껏 해라. 결코 나리의 은혜를 잊어선 안 된다. 어려서부터 너를 보살펴준 이 집을 잊어선 안 돼. 모든 일에 복종하고 정직하고 용감하도록 해라. 우리도 너의 성공을 빌겠다.

　　　세뤼벵은 일어나 제자리로 돌아간다.

백작　(부인에게) 부인은 매우 감동했구려.

백작부인 안 그럴 수 있겠어요. 이런 어린애가 그런 위험한 임무를 띠고 앞으로 어찌 될지 걱정이군요. 이애는 나의 먼 친척이고 또 이애는 나의 대자(代子)예요.

백작 (방백) 그러고 보니 바질르의 말이 맞군. (큰 소리로) 자, 세뤼벵! 수잔느에게 키스해. 마지막으로.

피가로 그건 어째서요! 나리? 겨울에 또 올 텐데요. 그러니, 자! 장교님. 나에게 키스하게. (세뤼벵에게 입맞춘다) 아, 오랫동안 못 만나겠군. 세뤼벵! 이제부터 생활이 변하겠지. 딱하군. 매일 여자를 찾아다닐 생각은 안 하겠지. 맛있는 과자나 크림빵도 못 먹을 거고. 손바닥 씨름도 술래잡기도 못 하지. 훌륭한 군인, 제기랄, 얼굴은 햇볕에 그을고 기름에 젖은 더러운 군복을 입고 무거운 총을 메고 우향우! 좌향좌! 앞으로 갓! 하지만, 세뤼벵. 잘 되기를 비네. 총알에 얻어맞고 죽진 말게.

수잔느 그 무슨 끔찍한 소리인가요?

백작부인 무슨 불길한 말인가?

백작 마르셀린느는 어디 갔지? 여기에 함께 있지 않은 것이 이상한데.

팡세트 나리, 그분은 농장 샛길을 지나 마을로 갔습니다.

백작 돌아올 것인가.

바질르 신의 뜻이라면……

피가로 만일 하나님 마음에 안 드신다면……

팡세트 의사 나리가 그녀의 팔짱을 끼고 가시는 걸 봤어요.

백작 (다가서며) 그 의사도 여기 왔나?

바질르 오자마자 그 여자에게 끌려갔습니다.

백작 (방백) 언제나 때를 잘 맞추어 오지.

팡세트 마르셀린느는 몸이 달아서요. 길을 가면서도 큰 소리로 소리치고 그러다간 멈춰서 두 팔을 벌리고 흔들고……. 그러니까 의사는 이렇게 손으로 잡고 잘 달랬죠. 그 여잔 왠지 화가 난 모양이었어요. 사촌 피가로의 이름을 막 불렀으니까요.

백작 (그녀의 턱을 잡고) 사촌이란 앞으로 이야기야.

팡세트 (세뤼벵을 가리키며) 나리, 어제 일을 용서해주신 거지요?

백작 (중단하며) 응, 응, 돌아가거라, 팡세트.

피가로 계집애까지 개 같은 사랑에 빠져버렸군. 그러다 그녀까지 우리 결혼을 방해하려고.

백작 (혼자서) 두고 봐라. 마르셀린느가 방해를 놓을 테니. (큰 소리로) 여보 갑시다. 들어갑시다. 바질르도 내 방에 들르게.

수잔느 (피가로에게) 이따 만나요.

피가로 (낮은 소리로) 잘 될까?

수잔느 (낮은 소리로) 당신 참 신통한 데가 있어.

일동 퇴장.

11장

세뤼벵, 피가로, 바질르.

앞서 퇴장하는 동안에 피가로는 세뤼벵, 바질르 두 사람을 멈추게 하여 무대로 데리고 온다.

피가로 잠깐 할 말이 있어. 나리가 혼인을 승인했으니 오늘 저녁 잔치를 벌여야 하는데, 모두 서로 도와야 해. 어떤 배우들처럼 비평가가 모여 있는 날 실수해선 안 되지. 배우에게는 변명할 내일이 없어. 각자 오늘 할 일을 잘 알아두어야 돼.

바질르 (빈정대며) 내 역은 생각했던 것보다 힘든 것 같네.

피가로 (그에게 보이지 않게 때리는 시늉을 하며) 그러니까 성공하면 그만큼 보람이 있다는 것 몰라.

세뤼벵 하나 피가로, 나는 나갈 테니까.

피가로 너는 그냥 여기 있고 싶겠지.

세뤼벵 물론이지. 그럴 수만 있다면.

피가로 그러니 꾀를 써야 해. 우선 떠나는 걸 불평하지 말고 여행용 망토를 입고 짐도 꾸리는 척하고 말도 문 앞에 매어둬. 그리고 타기가 무섭게 밭까지 달려가거든. 그러고는 걸어서 몰래 뒷문으로 들어오는 거야. 나리는 간 줄 알겠지. 너는 거기서 남의 눈에 띄지 않게 숨기만 하면 돼. 결혼식이 끝나면 내가 돌봐줄 테니까.

세뤼벵 하지만 팡세트는 오늘 밤의 역할을 모르지.

바질르　무어? 너는 일주일씩이나 붙어 다녔으면서 뭘 했단 말이냐?

피가로　(세뤼벵에게) 그러면 너는 오늘 별일이 없을 테니 팡세트한테 가서 좀 일러줘.

바질르　애야, 조심해라, 조심해. 그애 아버지는 화가 나서 그애 뺨을 때렸어. 그러니 너와는 같이 공부 안 하려고 할 거야. "세뤼벵 씨!" 하고 그애는 슬퍼하겠지. 하지만 물독도 너무 물을 부으면……

피가로　또 낡은 속담 얘기로구나. 참 박식하군. 물독에 물을 너무 부으면 깨진다고.

바질르　아니지. 가득 차지.

피가로　(나가면서) 바보는 아니군! 녀석도 그렇게 바보는 아니군!

2막

    무대는 멋진 침실, 정면 안쪽에 커다란 침대, 입구는 오른쪽 내실에서 반쯤 열려 있다. 옆방 입구는 좌측 전면에 있고 무대 안쪽에 하녀 방으로 통하는 입구가 있다. 그 반대쪽에 창이 하나 열려 있다.

1장

　　　　수잔느, 백작부인. 둘이 오른쪽 입구에서 들어온다.

백작부인　(안락의자에 앉으며) 수잔느, 문을 닫고 자세히 이야기해 봐라.

수잔느　마님! 전 더는 할 이야기가 없어요.

백작부인　하지만 그분이 너를 유혹하려 했니?

수잔느　아니에요. 나리께서 하녀한테 그렇게 하시겠어요? 다만 저를 매수하려고 하신 것뿐이죠.

백작부인　세뤼벵도 거기 있었니?

수잔느　네, 의자 뒤에 있었어요. 마님에게 용서해달라고 부탁하러 왔죠.

백작부인　왜 나에게 직접 오지 않았을까? 내가 잘 봐줄 텐데.

수잔느　글쎄 말입니다. 그 녀석은 성을 떠나는 것을 안타깝게 생각하며 특히 마님 곁을 떠나는 것을 슬퍼했거든요. 저에게 "아, 마님은 고상하고 아름다운 분이지만 너무 위엄이 있으시지" 했어요.

백작부인　수잔느, 내가 정말 그렇게 보여? 그처럼 돌봐주었는데.

수잔느　그리고 제가 갖고 있던 마님의 잠자리 리본을 보더니 달려들어서…….

백작부인 내 리본을? 어린애처럼 ——.

수잔느 제가 그것을 뺏으려 하니까 마님, 글쎄 꼭 사자처럼 눈을 번쩍이면서 죽어도 못 내놓겠다고 연약하고 보드라운 목소리로 말하겠죠.

백작부인 (황홀해서) 그래서?

수잔느 정말 그 녀석은 어쩔 수가 없어요. 마님께서는 그렇게 생각해도 저에게는 그렇게 생각되지 않지요. 다만 마님에게 입맞출 수가 없으니까 저에게 입맞추려 쫓아다니잖아요.

백작부인 (황홀하여) 좋아. 그런 바보 얘긴 그만하고 자, 수잔느, 주인 나리가 네게 한 말은…….

수잔느 제가 말을 듣지 않는다면 마르셀린느를 옹호할지도 모르죠.

백작부인 (일어나 부채질을 하며 왔다 갔다 한다) 아! 그분은 날 사랑하지 않는가 보다.

수잔느 그런데도 왜 그렇게 질투를 하시죠?

백작부인 모든 남편이 다 그렇지. 자존심 때문이지. 나는 그분을 너무 사랑했어. 그래서 그분은 지쳐버린 거야. 그것이 바로 나의 과오였어. 이러한 정직한 고백으로 너의 마음을 상하게 해주고 싶지는 않아. 너는 피가로와 결혼하니까. 그 피가로만이 우리들의 힘이 돼줄 수 있을 텐데. 그는 이리 오겠지?

수잔느 나리께서 사냥에 가시는 것을 보고 곧 바로 오겠죠.

백작부인 (부채질하며) 정원 쪽 창을 열어줘. 무척 덥구나.

수잔느 그건 마님께서 걸어 다니면서 말씀하시니까 그렇죠. (창을

열려고 간다)

백작부인 (오랫동안 생각하며) 그분이 나를 자꾸 피하지만 않는다면……. 정말 남자는 죄가 많지.

수잔느 (창에서 외치며) 지금 나리가 말을 타고 밭을 지나가시십니다. 페드리유와 개를 두서너 마리 끌고 가시는데요.

백작부인 그럼 시간은 충분하군. (앉는다) 누가 노크하는데, 수잔느?

수잔느 (노래하며 문으로 달려간다) 아, 피가로! 나의 피가로가 왔군요.

2장

피가로, 수잔느, 백작부인(앉아 있다).

수잔느 여보! 이리 오세요. 마님이 초조해하시니까.

피가로 수잔느, 너는 어때? 마님은 초조하실 일이 없을 텐데. 무슨 일이지? 백작 나리께서 젊은 여자를 보고 마음에 드니까 자기 정부로 만들려는 게 당연하지.

수잔느 당연하다고?

피가로 그리고 나를 대사관에 문서 배달부로 명하셨고 너를 하녀로 쓰신다는 거야. 그것도 이상할 것 없잖아!

수잔느 그만 하지 못하겠어?

피가로　그럼 나의 약혼녀 수잔느가 나리의 말을 안 듣는다, 그러면 나리는 마르셀린느를 이용하겠지. 간단한 거야. 이쪽 계획을 뒤집어서 이용하면 돼. 우리도 그렇게 하면 되는 거야. 그것뿐이야.

백작부인　하지만 피가로, 우리 모두의 행복이 걸려 있는 이 문제를 그렇게 간단히 다룰 수 있을까?

피가로　누가 그런 말을 했지요?

수잔느　우리들의 걱정거리 때문에 당신까지 걱정이 될지 모르니까.

피가로　저 혼자서 맡지요. 일을 잘 해나가려면 우선 우리들의 권리로 상대의 열정을 위협하여 견제하는 겁니다.

백작부인　그것은 좋은 생각인데 어떻게 하면 좋을까?

피가로　마님, 그것은 제가 해놨죠. 마님에 대한 헛소문을·······.

백작부인　내 소문이라고? 돌았나!

피가로　제가 돌았다면 나리 책임이죠.

백작부인　그런 질투 많은 분에게 그런 얘기를?

피가로　그러니까 그런 사람을 다루는 덴 그것이 제일이죠. 좀 혼내주어야 하니까요. 그런 것은 여자들이 더 잘 알 텐데요. 약을 바짝 올려놓으면 손톱 끝으로 어디든지 멋대로 끌고 다닐 수 있죠. 저는 바질르를 이용해서 마님에게 전해달라고 주소 없는 편지를 한 통 맡겨놓았어요. 나리가 그것을 보시면 오늘 밤 무도회 때 어떤 남자가 마님을 만나려고 한다고 생각하시게 되겠죠.

백작부인　하지만 결백한 여자를 도구로 해서 그런 장난을 하고도 나중에 괜찮을까?

피가로　그게 장난이니까 하지, 사실이라면 그럴 수 없죠.

백작부인　하여간 고맙군.

피가로　하지만 나리가 마님의 뒤를 쫓아다니며 방황하고 소리 지르고 하는 동안에 이쪽 여자와 재미 볼 시간이 없어지지요. 또 저의 수잔느에게도 손을 내밀고 앞으로 즐기려는 이때에 그 편지 한 장이 그것을 못 하게 할 수 있죠. 나리는 지금쯤 당황하고 계실 겁니다. 여자에게 뛰어갈까, 부인을 감시할까, 정신이 혼란해서 들을 달리다가 재수 없는 토끼의 방해만 될 겁니다. 그러는 동안 급히 결혼 시간은 닥쳐오고 나리는 거기에 대해서 반대할 수 없게 된 채 마님 앞에서 말 한마디 못 하시게 될 겁니다.

수잔느　하지만 마르셀린느라는 재주꾼이 훼방을 놓을 거예요.

피가로　응? 글쎄, 그게 나도 걱정이야. 그러니 나리에게 해질 무렵 뜰에서 만나자고 해봐.

수잔느　당신은 그런 것을 기대하고 있나요?

피가로　잔말 말고 들어봐. 도대체가 쓸데없는 일이라고는 아무것도 하지 않는 사람은 아무 일도 성취할 수 없는 사람이야. 그것이 나의 신조야.

수잔느　멋진 얘기예요.

백작부인　머리가 잘 도는군. 수잔느가 거기에 가는 것을 찬성하겠나?

피가로　아니죠. 제가 어떤 사람에게 수잔느 옷을 입혀놓죠. 그리고 나리가 그녀와 만나는 장소에 우리가 나타나면 나리도 부인하진 못하시겠죠.

수잔느 그럼 누구에게 제 옷을 입히죠?

피가로 세뤼벵에게.

백작부인 그는 가버렸는데.

피가로 제가 가지 못하게 했어요. 다 저에게 맡기십시오.

수잔느 일을 꾸미는 것은 이분에게 맡기세요.

피가로 일을 얽고 풀고 하는 것은 나의 재주, 나는 그런 일을 하려고 태어났죠.

수잔느 그런 일을 하기는 어려운 거죠.

피가로 나리한테 받고 뺏고 요구한다, 바로 이거죠.

백작부인 자네가 그처럼 자신만만하니 나까지 흥미가 생기는데…….

피가로 그것도 저의 계획의 일부입니다.

수잔느 그럼, 어떡하지?

피가로 나리가 없는 동안 세뤼벵을 데려올 테니 그에게 옷을 입히고 화장시켜놔. 그 뒤는 내가 맡아 가르쳐줄 테니까. 그 다음엔 나리 어서 즐기십시요지, 뭐. (나간다)

3장

  수잔느, 백작부인은 앉아 있다.

백작부인 (무늬 있는 화장 상자를 손에 들고) 아이고, 수잔느, 어떡하나! 그애가 오다니…….

수잔느 그럼 마님께선 그애가 안 돌아오는 게 좋아요?

백작부인 (작은 거울 속을 멍하니 바라보며) 나? 이제 봐, 내가 야단을 쳐줄 테니.

수잔느 그애에게 연가나 부르라고 내버려두세요. (연가를 백작부인에게 준다)

백작부인 아, 머리카락이 막 헝클어졌구나.

수잔느 (웃으며) 머리카락을 잘 다듬어드리죠. 그럼 좀 더 익숙하게 야단치시게 될 거예요.

백작부인 (제정신으로 돌아와) 너 지금 무어라고 했지?

4장

  세뤼벵(부끄러운 듯), 수잔느, 백작부인(앉아 있음).

수잔느 자, 장교 나리, 들어오십시오. 마님을 뵐 수 있어요.

세뤼벵   (떨면서 앞으로 나오며) 아! 그 장교라는 이름이 원망스러워! 수잔느, 난 여기를 곧 떠나야 하니까. 친절한 마님과도!

수잔느   그리고 아름다우시겠지.

세뤼벵   (한숨 쉬며) 그럼.

수잔느   (흉내 내며) 그럼. 긴 눈꺼풀을 가진 위선쟁이 소년, 아름다운 파랑새. 그대의 연가(戀歌)나 마님에게 들려주시지.

백작부인   (연가를 쓴 종이를 펴며) 이 연가는 누구의 것이지?

수잔느   저것 보세요! 죄가 있어 얼굴이 빨개졌지 않아요? 연지를 너무 발랐나 보군요?

세뤼벵   그리워하는 것이…… 뭐가 그리 나쁜가요?

수잔느   (그의 코에 주먹을 대고) 이 녀석아! 내가 다 이를 테야.

백작부인   (수잔느에게) 그만해……. 거기서는 노래도 불렀니……?

세뤼벵   마님, 전 이렇게 떨고 있지 않아요?

수잔느   (웃으며) 자, 마님께서 기다리고 계셔. 자, 겸손한 작가, 내가 반주를 해줄 테니까.

백작부인   자! 내 기타를 들게.

　　백작부인은 앉은 채 연가를 펴들고 따라 읽으려 한다. 수잔느는 의자 뒤에서 부인 어깨 너머로 악보를 보면 전주를 한다.
　　세뤼벵은 부인 앞에 눈을 내리뜨고 서 있다. 그 전경(全景)은 방 로가 그린 〈에스파냐의 대화〉라는 아름다운 판화와 같다.

연가(戀歌)

(마르브로 공(公) 출정(出征)의 곡을 딴 것이다)

1
나의 말은
들 넘고 산 넘어
(오! 이 마음, 이 마음 아파라)
군마를 타고
나는 달린다.

2
군마를 따라서 홀로
말꾼도 없이 샘가에서
(오! 이 마음 이 마음 아파라)
대모(代母)를 생각하니
눈물만 흐른다.

3
눈물이 흐름을 느끼면서 슬픔에 가득 찰 때에
한 나무 위에 나는 이름을 새겨둔다.
(오! 이 마음, 이 마음 아파라)
나의 이름이 아닌

하나의 이름을

4
왕이 지나갈 때에
그의 남작 시종 세뤼벵은 따라가고
(이 마음은 끝없이 괴롭도다)
무엇이 너를 그토록 괴롭히느냐?
무엇이 그리도 안타까우냐? 하고 마님이 말한다.

5
무엇이 그렇게도 안타까우냐? 나에게 말해보아라.
왕이여! 왕비여!
(내 괴로움 끝이 없도다)
나에게는 존경하는
대모가 있도다.

6
내가 존경하는 대모는 내가 그 때문에 죽는 줄 알고
"귀여운 세뤼벵" 하고 말했다.
(오! 이 마음, 이 마음 아파라)
나의 대모가 아닌가!
나는 그대에게 봉사하겠노라.

7

나는 그대에게 봉사하겠노라.
나의 세뤼벵은 그렇게 할 것이다.
(오! 이 마음 이 마음 아파라)
대위의 딸, 나의 귀여운 엘레나,
언젠가 시집가리다.

8

언제고 시집가리다.
그런 소리 마라. 나는 이 몸을 질질 끌고
(오! 내 마음 내 마음 아파라)
위로받기보다는
차라리 죽을지어다.

백작부인   하! 그거 순박하고도 감정어린 시(詩)인데.

수잔느   (의자 위에 기타를 놓고서) 감정이 어린 것은 젊으니까 그렇지, 장교 나리. 오늘 저녁에 여흥을 즐겁게 하려면 우선 내 옷이 너에게 맞는지 어떤지 한번 입어볼까?

백작부인   맞았으면 좋으련만.

수잔느   (세뤼벵의 키를 잰다) 키가 나하고 같군요. 그럼 망토를 벗어봐요. (망토를 벗긴다)

백작부인   누가 들어오면.

수잔느   우린 나쁜 짓 하는 것이 아니니까. 하지만 문을 닫죠. (뛰어간다) 그런데 모자는 어떻게 하죠?

백작부인   화장대 위에 내 모자가 있으니까 그걸……

수잔느는 무대의 한쪽 구석에 있는 방으로 들어간다.

5장

세뤼벵, 백작부인은 앉아 있다.

백작부인   무도회가 시작될 때까지 나리는 네가 성에 있는 걸 알면 안 되지. 너의 발령장을 발송하는 시간까지 우리가 좋은 생각을 해볼 테니까.

세뤼벵   (발령장을 그녀에게 보이며) 바로 이것입니다. 바질르의 손을 거쳐 제게 왔죠.

백작부인   일 초라도 빨리 쫓으려 하는군. (읽으면서) 너무 서둘러 도장 찍는 것을 잊었군. (발령장을 세뤼벵에게 돌려준다)

6장

세뤼벵, 백작부인, 수잔느.

수잔느 (큰 모자를 들고 들어온다) 도장이라뇨? 무슨 도장이지요?
백작부인 이애 발령장 말이야.
수잔느 벌써 발령장을?
백작부인 글쎄 말이야. 그거 내 모자지?
수잔느 (백작 부인 곁에 앉아) 제일 예쁜 것을 가져왔죠. (입에 핀을 물고 노래한다) 이쪽으로 돌아라. 장 드 릴라여. 사랑하는 그대여.

세뤼벵은 무릎 꿇고 그녀는 그에게 모자를 씌운다.

마님, 썩 잘 맞는데요.
백작부인 칼라를 여자답게 좀 더 잘 고쳐봐.
수잔느 (칼라를 만지며) 허! 이 개구쟁이 좀 봐. 어쩌면 이렇게 색시 같지. 내가 질투가 날 정도인데……. (그의 턱을 잡고)……어쩌자고 이렇게 예쁘지?
백작부인 너 어떻게 된 거 아니냐? 소매를 조금 올려야지. 그래야 아마디스 형(型)이 되지. (세뤼벵의 소매를 올려주며) 팔에 무엇을 감았지? 아, 리본을.
수잔느 마님, 리본이군요. 마님이 직접 보셔서 안심되네요. 제가 아까 말씀드렸죠? 나리만 오시지 않았더라면 리본을 뺏을 수 있었는데. 저에게 그만한 힘은 있으니까요.

백작부인　피가 묻어 있군. (리본을 뗀다)

세뤼벵　(부끄러운 듯) 오늘 아침 출발하려고 말의 재갈을 물리다가 말머리에 받혔는데 그때 장식철에 팔을 스쳤죠.

백작부인　하지만 리본을 붕대 대신 쓰는 놈이 어디 있어?

수잔느　더구나 훔친 리본을 가지고. 말의 장식(bossete)이니 쿠르베〔말이 뒷발로 서고 앞발을 가볍게 구부린 자세〕니 코르네니…… 나는 그런 것은 모르지. 그런데 팔이 여자같이 희군. 마님, 좀 보세요. 내 살결보다 더 희죠? (팔을 비교한다)

백작부인　(냉랭한 어조로) 그러지 말고 내 화장대에 가서 고약을 가져와.

　　수잔느는 웃으며 세뤼벵의 이마를 누른다. 그는 두 손으로 땅을 짚으며 자빠진다. 그녀는 무대 한쪽 구석방으로 사라진다.

7장

　　세뤼벵은 무릎 꿇고, 백작부인은 앉아 있다.

백작부인　(말없이 리본을 바라보고 있다. 세뤼벵은 그녀를 바라본다)

55

이 리본 색이 제일 내 마음에 들기 때문에 이걸 잃어버리고 무척 화를 내었지.

8장

세뤼벵은 무릎 꿇고, 백작부인은 앉아 있다. 수잔느 등장.

수잔느 (돌아오며) 팔에 묶을 붕대를 가지고 올까요? (백작부인에게 고약과 가위를 준다)
백작부인 옷을 가지러 가는 길에 다른 모자의 리본도 가져와.

수잔느, 무대 속 입구에서 세뤼벵의 망토를 가지고 나간다.

9장

세뤼벵은 무릎을 꿇은 채, 백작부인은 앉아 있다.

세뤼벵 (눈을 내리뜨고) 지금 그 리본만 주시면 내 상처는 아무것도 아니련만.
백작부인 무슨 공으로 네게 줘? (그에게 고약을 보이며) 이게 더 잘

듣지.

세뤼벵 (주저하며) 그 리본이 머리에 감기고 누구의 살에 닿기만 하면…….

백작부인 (그의 말을 가로채며) 다른 여자 것 말이겠지! 그러면 상처가 낫는단 말인가? 나는 그런 효과가 있는 줄은 몰랐지. 그럼, 이 리본은 잘 간직해둬야겠군. 누구든지 다치면…… 여자들에게 시험해봐야지.

세뤼벵 (슬픈 듯) 마님은 리본을 간직하고, 저는 떠나야죠.

백작부인 또 돌아올 텐데, 뭘.

세뤼벵 하지만 괴로워요.

백작부인 (감동해서) 울고 있구나. 심술궂은 피가로가 쓸데없는 말을 하니까.

세뤼벵 (흥분해서) 아! 난 죽었으면 좋을 것을. 지금이라도 죽을 수 있다면 당장에.

백작부인 (그의 말을 가로채고 손수건으로 눈물을 닦아주며) 울지 마라. 네가 말하는 것은 당치도 않은 소리야. (누가 입구의 문을 두드린다. 큰 소리로) 누구요?

10장

　　　　세뤼벵, 백작부인, 백작(밖에서).

백작　왜 문을 잠갔지?

백작부인　(당황해서 일어나) 백작이야! 어떡하지? (갑자기 일어난 세뤼벵에게) 너는 망토도 안 입고, 목도 팔도 내놓은 채 나와 단둘이 있고, 방은 이처럼 어질러지고 나리는 편질 보고 질투심을 일으켜서……

백작　(밖에서) 안 열어?

백작부인　지금 혼잔데요.

백작　혼자서 누구와 얘기하는 거지?

백작부인　(머뭇거리며) 당신하고요.

세뤼벵　(혼자서) 어제, 오늘 아침, 두 번씩이나 말썽을 저질렀으니까 이번에 걸리면 당장에 죽일 거야. (의상실로 들어가 문을 닫는다)

11장

백작부인　(혼자서 문을 열고 백작을 맞이한다) 제가 정신이 멍했죠.

12장

백작. 백작부인.

백작 (좀 엄하게) 여보, 보통 땐 문을 안 걸지 않았소?

백작부인 (당황해서) 무얼 좀 꿰매고 있었죠, 수잔느와 같이요. 그런데 수잔느가 일이 있어 옆방에 갔죠.

백작 (그녀를 보며) 한데 당신 목소리가 이상한데.

백작부인 아무 일도 없는데요. 정말예요. 우선 당신 이야기를 하고 있었어요. 수잔느는 자기 방에 갔어요.

백작 내 얘길 했다고? 난 걱정이 돼서 왔어. 말 타고 가는데 편지가 날아오지 않아. 별로 믿지는 않았지만 기분이 좀 좋지 않았지.

백작부인 무슨 편지죠?

백작 당신에게 이야길 해야겠어. 당신 주위엔 질이 나쁜 녀석들이 많아. 소문을 들으니 여기에 있을 리가 없는 애송이가 당신을 만나고 싶어 한다는 얘기야.

백작부인 어떤 사람이 그런 소릴 했을까? 나를 만나려면 이 방에 들어오는 수밖에 없잖아요. 나는 하루 종일 여길 안 나가니까요.

백작 오늘 밤 수잔느의 결혼식에도 안 가겠소?

백작부인 오늘 기분이 좋지 못해서 아무도 안 만나요.

백작 그럼 마침 의사가 왔으니 보이는 게 좋겠군.

세뤼벵이 옆방에서 의자를 자빠뜨린다.

　무슨 소리지?

백작부인　(놀라며) 소리라뇨?

백작　누가 가구를 쓰러뜨렸는데?

백작부인　난 아무 소리도 못 들었는데요.

백작　여보. 당신 무슨 딴 생각을 하고 있군.

백작부인　뭐라고요?

백작　옆방에 누가 있지?

백작부인　네? 있긴 누가 있어요?

백작　그것을 모르니 묻는 게 아니오.

백작부인　그럼 수잔느가 여기에 들어갔나?

백작　당신은 수잔느가 자기 방에 갔다고 그러지 않았소.

백작부인　거기 갔다 다시 들어왔나 봐요…….

백작　수잔느가 거기 있다면 뭘 그리 당황하나?

백작부인　내가 하녀 때문에 당황해요?

백작　하녀 때문에 당황하는지는 모르지만 하여간 당황하고 있지 않소.

백작부인　그럴 수밖에 없죠. 당신이 항상 마음을 쓰는 애니까.

백작　(화내며) 그래! 내가 마음에 두고 있는 애니 당장 한번 봐야겠어!

백작부인　사실 당신이 그애를 그렇게 보고 싶어 하는 것은 나도 알고 있었지만 설마 했죠.

13장

    백작, 백작부인, 수잔느가 옷을 손에 들고 들어온다.

백작   그런 의심을 푸는 것은 아무것도 아니지. (의상실을 향해 외친다) 수잔느! 나와라! 나의 명령이다.

    수잔느는 한쪽 구석 침대 곁에 가서 멈춘다.

백작부인   여보, 그애는 거의 벌거벗고 있어요. 여자가 옷 입는 데까지 가서 그런 말을 할 수 있나요? 수잔느는 내가 결혼 선물로 준 옷을 입어보다가 당신 목소리가 들려서 급히 도망친 거예요.

백작   그렇게 나타나기 싫으면 대답이라도 해야 하잖아. (의상실 문을 향해서) 대답해! 수잔느! 너 그 방에 있니?

    무대에 있는 수잔느는 침대 속에 가서 숨는다.

백작부인   (급히 의상실을 향해 말한다) 수잔느! 내 명령이니 가만히 있어. (백작에게) 그런 몰상식한 짓이 어디 있어요?

백작 (의상실 쪽으로 나가며) 좋아! 대답 안 하면 벗었건 안 벗었건 내가 열어보겠어.

백작부인 (그 앞을 막아서며) 딴 데 가선 몰라도 내 방에선 안 돼요.

백작 나는 수잔느가 지금 뭘 하는지 봐야 돼. 물론 열쇠는 안 주겠지만, 이 널빤지 문 하나쯤은 쉽게 부술 수 있어. 자, 누구 좀 와.

백작부인 아니, 당신, 하인들을 불러들여 쓸데없는 의심 때문에 소동을 피우고서 웃음거리가 되시려고 그래요?

백작 좋아, 그럼 나 혼자 하지. 방에 가서 필요한 도구를 가져와야겠군. (나가려다 다시 돌아오며) 이 상태로 그대로 둬야 하니까 당신은 나를 따라와요. 바보짓 말고 조용히. 거절할 순 없겠지.

백작부인 (당황해서) 아니 누가 반대한대요?

백작 아! 하녀 방 문을 닫는 걸 잊었군. 당신의 결백을 증명하려면 이 문도 잠가야지. (안쪽 문을 닫고 열쇠를 뺀다)

백작부인 (혼자) 정말 경솔한 짓을 하는군요.

백작 (그녀에게 가며) 자! 이제 문은 닫혔으니 팔을 잡아요. (소릴 높여) 의상실의 수잔느는 내가 올 때까지 얌전히 기다려라. 내가 돌아왔을 때 조금이라도 이상이 있으면.

백작부인 여보! 정말 당신은 어리석은 짓을 하시는군요.

백작은 그녀를 데리고 나가며 입구의 자물쇠를 채운다.

14장

   수잔느, 세뤼벵.

수잔느 (침대 사이에서 나오며 의상실로 가서 열쇠 구멍으로 말한다) 자, 세뤼벵, 빨리 열어요, 빨리, 나 수잔느야, 빨리 열고 나와.

세뤼벵 (나오면서) 아! 수잔느, 아슬아슬했어.

수잔느 빨리 나와. 우물쭈물하다간 큰일 나.

세뤼벵 (당황해서) 어디로 나가지?

수잔느 나도 모르지만 빨리 나가.

세뤼벵 나갈 데가 있어야지?

수잔느 먼저 일도 있고 했으니까 나린 널 죽여버릴 거야. 그럼 우린 망하는 거야. 빨리 피가로에게 가봐요.

세뤼벵 정원 쪽 창은 별로 높지 않을 텐데. (창으로 내다본다)

수잔느 (놀라며) 그 높은 곳? 안 돼. 마님은 어찌 될까? 나의 결혼은? 오, 하느님!

세뤼벵 (돌아오며) 밑은 수박밭이군. 고랑이 좀 무너지겠지.

수잔느 (그를 말리며 외친다) 자살하려고?

세뤼벵 (흥분되어) 지옥 불 속이라도 상관없어. 수잔느, 마님을 괴롭히기보단 뛰어내리는 게 나아. 이 입맞춤은 나에게 행복을 가져다줄 거야. (수잔느에게 입맞추며 창으로 뛰어내린다)

15장

　　　수잔느.

수잔느　(혼자 공포의 외침) 아! (의자에 주저앉았다가 창으로 내다보려고 다시 일어난다) 아! 벌써 멀리 갔네. 귀엽고 민첩한 총각이야. 하지만 여자 일만 아니면 저런 짓은 못 할 거야. 하고 싶거든 문이고 뭐고 때려 부수세요. (의상실로 들어가 문을 닫는다)

16장

　　　백작부인, 백작. 손에 집게를 들고 방으로 들어와 의자 위에 던진다.

백작　응, 먼저대로 있군. 여보, 내가 문을 부수기 전에 좀 생각해 보는 게 어떨까, 응? 나중 일을 생각해서라도 당신이 여는 게 낫지 않을까?

백작부인　도대체 무엇 때문에 화를 내어 부부 사이를 이처럼 이상하게 만드시지요? 아, 여보, 화낼 정도로 날 사랑한다면 도리에 어긋나는 일이라도 참겠어요. 당신이 나에게 주는 모욕도 다 용서할 수 있어요. 하지만 높은 신분에 있는 사람이 허영심 때문에 흥분해서야 되나요.

백작　사랑이건 허영심이건 관계없이 당신은 문만 열면 돼. 그렇지 않으면 내가 열 테니.

백작부인　(앞을 가로막으며) 잠깐만, 당신은 내가 아내의 도리를 저버리는 그런 여자라고 생각하시는 거예요?

백작　그건 당신 좋도록 생각하구려. 나는 이 속을 보기만 하면 되니까.

백작부인　(겁에 질려서) 좋아요. 하지만 진정하고 제 말을 들으세요.

백작　그럼 수잔느가 아니란 말이오?

백작부인　(수줍은 듯) 하지만 당신이 걱정할 만한 사람은 아녜요. 우리들은 오늘 결혼식 준비 때문에 농담을 하고 있었죠. 정말 그랬어요. 이렇게 맹세하죠.

백작　당신이 나에게 맹세하다니?

백작부인　그애나 나나 당신을 모욕할 생각은 조금도 없었어요.

백작　그애라니? 남자군?

백작부인　애죠.

백작　누구요?

백작부인　이름은 말하고 싶지 않아요.

백작　(화를 내며) 죽여버릴 테야.

백작부인　아이 어쩌나.

백작　말해봐.

백작부인　세뤼벵이에요.

백작　세뤼벵? 건방진 놈. 그럴 줄 알았어. 편지의 뜻을 이제 알겠군.

백작부인　(손을 맞대고) 제발 여보, 의심하지 마세요.

백작　(발을 쾅쾅 울리며 혼잣말로) 그 녀석이 왜 그렇게 말썽이냐. (큰 소리로) 자, 열어요! 다 아니까. 의심스런 일이 없다면 오늘 아침 녀석을 내쫓을 때에 그처럼 당신이 동요할 필요가 없지 않소. 내가 명령했을 때 그놈은 떠났을 거 아니오? 수잔느를 붙들고 거짓말을 늘어놓을 필요가 없고, 무슨 죄 지은 일이 없다면 그처럼 하인을 역성들 필요가 없지 않소.

백작부인　그애는 당신한테 야단맞을까 두려웠던 거죠.

백작　(정신을 잃고 의상실을 향해 소리친다) 이 녀석 나와!

백작부인　(백작의 몸을 안듯이 잡고 물러서며) 그렇게 화내면 어쩔 작정이죠? 그애를 의심치 마세요, 제발. 그애가 불쌍해요. 그애가 당황하는 모습을 보셨지요?

백작　당황했다고?

백작부인　네, 그애는 여자 옷을 입고 내 모자를 쓰고 망토 없는 옷을 입어 목과 팔이 나와 있죠. 그애는 옷을 입는 중이었지요.

백작　그래서 오늘 방을 나가지 않았군. 좋아, 나오지 않아도, 언제까지나 그 안에 있으라고 해. 이젠 어디서도 다시 만나지 못하게 할 테니까.

백작부인　(무릎 꿇고 팔을 올리며) 백작님, 어린앤데 용서하세요. 무슨 일이 있을까 두렵습니다.

백작　당신이 겁을 낼수록 그놈 죄는 무거워지는 거야.

백작부인　그애는 죄가 없어요. 떠나는 걸 내가 불러들였으니까요.

백작　(화를 내며) 일어나! 비켜! 내 앞에서 감히 딴 남자를 변호하다니.

백작부인　좋아요. 열어드리죠. 일어나겠어요. 의상실 열쇠도 드리죠. 하지만 부부의 사랑을 걸고…….

백작　부부의 사랑이라고?

백작부인　(일어나며 그에게 열쇠를 준다) 제발 그애를 혼내지 마세요. 혼내려면 날 혼내주세요.

백작　(열쇠를 쥐고) 이젠 아무 말 안 듣겠어.

백작부인　(큰 의자에 몸을 던지고 수건으로 눈을 가리며) 아, 그애는 죽는구나!

백작　(문을 열고 들어선다) 아! 수잔느.

17장

백작부인, 백작, 수잔느.

수잔느　(웃으며 나온다) 죽이겠다, 죽이겠다! 자! 죽여보세요, 이 보잘것없는 하녀를.

백작　(혼자) 참 어리석군. (놀란 부인을 보며) 그래 당신까지 놀란 시늉을 하고 있소? 옳지 수잔느, 혼자 있는 것이 아닌 모양이군. (들어간다)

18장

　　　　백작부인(앉아 있다), 수잔느, 백작.

수잔느　(부인에게 달려가며) 마님, 걱정 마세요. 그 녀석은 멀리 달아났어요. 뛰어내렸거든요.
백작부인　아, 수잔느, 나는 정말 죽는 줄 알았다.

19장

　　　　백작부인(앉아 있다), 수잔느, 백작.

백작　(당황한 듯 의상실에서 나오며 잠시 침묵 후) 아무도 없군. 내가 잘못 알았군. 한데 여보, 당신은 연극을 잘하는데.
수잔느　(쾌활하게) 저는 어때요? 나리.

　　　　백작부인은 손수건을 입에 대고 말하지 않는다.

백작　(가까이 가며) 농담이 심했어.
백작부인　(정신 차리며) 그랬어요.
백작　농담이 지나쳐. 무엇 때문에 그런 짓을 했지?

백작부인 당신처럼 어리석은 짓을 하는 사람이 동정을 바랄 수 있어요?

백작 명예에 관한 일인데, 어리석다니?

백작부인 (점점 태도를 정리하며) 그럼 당신은 나를 멋대로 버려뒀다가 질투하게 하려고 나와 결혼했나요?

백작 허, 그거 까다롭군.

수잔느 마님, 나리가 소란을 피워 사람들이 몰려왔으면 좋았을걸.

백작 그래, 네 말이 옳다. 용서해줘, 내가 흥분했으니.

수잔느 나리는 이런, 혼 좀 나셔야 되겠어요.

백작 하지만 이것아, 내가 부를 때 왜 안 나왔지?

수잔느 저는 핀을 여러 개 사용해서 새 옷을 입고 있었거든요. 마님께서 나오지 말라고 하신 것은 그만한 이유가 있었죠.

백작 내 잘못을 일일이 탓하지 말고 너도 함께 부인을 진정시켜 드려라.

백작부인 안 돼요. 이런 모욕은 참을 수 없어요. 우르술라 수녀원에나 들어가겠어요. 지금이 그럴 때란 걸 알고 있으니까요.

백작 아무 미련 없이 떠날 수 있을까?

수잔느 물론 떠나기 전날 밤 좀 우시겠죠.

백작부인 나리를 용서해줄 정도의 천한 여자가 되기보다는 그리로 가는 것이 낫지. 너무 경멸을 받았으니까.

백작 로진느!

백작부인 나도 당신이 열심히 쫓아다니던 옛날의 로진느는 아니죠. 지금은 가련한 알마비바 백작부인입니다. 당신이 사랑하지 않는 버림받은 여자죠.

수잔느 마님!

백작 (애원하며) 제발.

백작부인 당신은 나를 조금도 불쌍히 생각지 않아요.

백작 실은 그 편지 때문에 피가 솟았지.

백작부인 제멋대로 쓴 편질 가지고.

백작 당신 알고 있었군.

백작부인 그건 저 뻔뻔스러운 피가로가 쓴 거니까요.

백작 뭐라고?

백작부인 그것을 바질르에게 주었죠.

백작 바질르는 그것을 어떤 농부에게서 받았다고 그랬는데. 이 더러운 가수, 등치고 배치는 놈들. 가만두지 않을 테니 두고 봐라.

백작부인 여보, 당신은 남을 용서하지 않으면서 자기를 용서해달라고 하세요? 남자란 다 그렇지 않아요. 당신이 연애편지로 저지른 죄를 용서해준다면 모든 사람의 죄도 용서해주어야죠.

백작 여보, 나도 찬성하오, 내 죄를 어떻게 보상하지.

백작부인 (일어서며) 과오는 양쪽 다 있죠.

백작 아냐! 나 혼자만이야. 하여튼 여자란 어떻게 시간과 장소에 따라서 그처럼 재빨리 경우에 맞는 태도를 취할 수 있는지 알 수가 없어. 당신도 얼굴을 붉혔다가 울다가 헬쑥해졌다가……. 그러고 보니 아직 얼굴이 창백하군.

백작부인　(웃음을 지으며) 내가 얼굴을 붉힌 것은 당신의 의심에 화가 난 거죠. 도대체 남자들이란 순결한 인간이 모독받고 노하는 것과 실제로 잘못한 것을 비난받고 당황하는 것을 구별하지 못하죠.

백작　하지만 그 세뤼뱅 녀석이 속옷만 입고 있다고 생각하니…….

백작부인　(수잔느를 가리키며) 그 하인은 여기 있지 않아요. 다른 하인보다는 이 하인이 낫죠. 당신은 이애를 만나는 것이 싫지는 않을 텐데.

백작　(크게 웃으며) 하지만 당신이 눈물을 흘리며 비는 척하는 꼴이란…….

백작부인　정말 당신은 웃기셨어요. 별로 웃고 싶지 않지만요.

백작　우리는 서로 큰 음모를 꾸민 것 같지만 정말 어린애들이야. 정말, 여보, 왕이 런던의 대사로 보내는 것도 당연하지. 실제로 여자란 외교상의 성공을 위한 권모술수에 꽤 능할 테니까.

백작부인　그것을 시키는 것이 남자들이죠.

수잔느　정말 그래요. 여자들에게 약간의 자유를 주기만 한다면 여자도 명예로운 사람이 될 수 있지요.

백작부인　이 이야기는 그만두지요. 내가 좀 지나쳤어요. 하지만 이런 중대한 사건을 내가 관대히 보아주었으니 당신도 그래야 해요.

백작　그럼 날 용서한단 말 한마디만 해주오.

백작부인　수잔느, 내가 그런 말 했던가?

수잔느　마님은 아직 그런 말 안 했죠?

백작 넌 못 들었지?

백작부인 당신은 그런 말을 들을 만한 자격이 있는 줄 아세요? 지독하신 분.

백작 있고말고. 후회하고 있으니까.

수잔느 마님 의상실에 남자가 들어 있다고 의심하시다니.

백작 그것은 충분히 벌 받았지 않아.

수잔느 하녀가 있다고 그러시는데 마님 말씀을 안 믿으시다니.

백작 그럼 당신은 끝내 용서 안 하겠단 말이오?

백작부인 아, 수잔느, 나는 왜 이렇게 마음이 약할까. 어떻게 해야 좋을지. (백작에게 손을 내밀며) 이러단 앞으로 화를 내도 겁내지 않겠는데.

수잔느 마님, 나리를 상대로 하면 그리 되게 마련이 아니에요.

백작은 열의 있게 부인의 손에 입을 맞춘다.

20장

수잔느, 피가로, 백작부인, 백작.

피가로 (헐떡거리며 와서) 마님이 불편하시다기에 급히 왔습니다. 아무 일도 없으시니 다행입니다.

백작 (냉담하게) 너는 조심성이 많군.

피가로 그건 나의 의무입죠. 별일이 없으니 말씀인데 나리, 지금 저기 남녀 하인들이 바이올린, 피리, 북을 나란히 놓고 제가 약혼자를 데려오는 것을 기다리고 있습니다요.

백작 그럼 성에서 누가 마님을 돌보지?

피가로 돌보다니요? 편찮으시지도 않은데.

백작 그건 그렇고, 마님을 만나고 싶어 하는 그 녀석은?

피가로 어떤 녀석이오?

백작 네가 바질르에게 준 그 편지 속의 주인공 말일세.

피가로 누가 그런 소릴 하죠?

백작 제 아무리 감춰도 이놈아! 네 얼굴을 보면 네가 거짓말하는 것쯤은 알 수 있지.

피가로 얼굴을 보면 아신다니 그렇다면 거짓말하는 것은 제가 아니고 얼굴이겠지요.

수잔느 여보, 피가로, 그런 변명해도 소용 없어요, 다 아시니까.

피가로 뭘 다 아셔? 나를 바질르로 아시나?

수잔느 당신이 아까 쓴 편지 말이에요. 나리가 돌아오셨을 때 저 세뤼벵이 우리가 있던 의상실 안에 있다고 편지하지 않았어요.

백작 할 말이 있나?

백작부인 피가로, 숨길 것 없어. 농담은 끝났으니까.

피가로 (어찌 된 영문인지 모르며) 농담이 끝났다고요?

백작 끝났지. 자! 나에게 할 말이 있나?

피가로　네, 제 결혼에 대해서 드릴 말씀이 있습니다만, 나리께서 허락해주신다면.

백작　편지 건은 인정하나?

피가로　마님과 수잔느와 나리가 인정한다면 저도 인정해야죠. 하지만 제가 나리 입장이라면 그 말은 하나도 믿지 않겠어요.

백작　다 아는 일을 감추는군. 그러면 화낼 테야.

백작부인　(웃으며) 자! 당신도 그렇지. 당신도 다 아는 일을 말하길 바라세요?

피가로　(수잔느에게 낮은 목소리로) 난 백작에게 위험하다고 주의시켰을 뿐이야. 그래야 나도 조금쯤은 정직한 인간 소릴 들을 것 아냐?

수잔느　(낮게) 세뤼벵을 보았어요?

피가로　(낮게) 아직도 떨고 있어.

수잔느　(낮게) 불쌍도 해라.

백작부인　자, 저들은 한시라도 빨리 결혼하고 싶어 저러지 않아요. 우리도 식에 갑시다.

백작　(혼자서) 마르셀린느는 어찌 됐나? (큰 소리로) 옷은 바꿔 입어야지.

백작부인　하인들뿐일 텐데…… 나도 그래야 될까요?

21장

피가로, 수잔느, 백작, 백작부인, 안토니오.

안토니오 (반쯤 취해 있다. 깨진 비단향꽃무 화분을 들고) 나리! 나리!

백작 안토니오, 왜 그래?

안토니오 수박밭 쪽에 있는 창문에 쇠창살을 해주세요. 무엇이든 창으로 던지시니 견딜 수 있어야죠. 지금 막 사람까지 던지시지 않았어요?

백작 이 창으로?

안토니오 보세요, 제 비단향꽃무가 이렇게 됐으니.

수잔느 (피가로에게 낮게) 빨리 어떻게 해봐.

피가로 나리, 이 녀석은 아침부터 취했나 봅니다.

안토니오 당신이 알 바 아니오. 어제 조금 먹은 술기운이 좀 남았을 뿐이야. 알지 못하면 잠자코 있어요.

백작 (화내며) 그놈은 어디 있어?

안토니오 어디 있냐고요?

백작 그래.

안토니오 바로 그거죠. 그놈을 잡아야죠. 저는 나리 종이니까요. 나리 정원을 돌보는 것은 저뿐이죠. 한데 사람이 떨어졌으니 가만히 있을 수 있나요. 저의 명예가 손상되니까요.

수잔느 (피가로에게 낮게) 화제를 바꾸게 해요.

피가로 그래 당신은 아직도 그렇게 술을 좋아하오?

안토니오 나는 술 마시지 않으면 미치지.

백작부인 하지만 필요 없이 막 마셔서야 되나?

안토니오 목이 마르지 않아도 마시고 연중 사랑에 빠지는 것, 마님, 우리가 다른 짐승과 다른 점이 술 먹는 그것밖에 더 있나요?

백작 (다가서며) 내 말에 대답 안 하면 쫓아버릴 테야.

안토니오 그럼, 나가야 되나요?

백작 뭐라고?

안토니오 (이마에 손을 대고) 나리가 하인을 다룰 줄 모른다 해서 제가 훌륭하신 좋은 주인 곁을 떠날 수는 없죠.

백작 (화가 나서 그를 흔들며) 너 이 창으로 누가 뛰어내렸다고 그랬지?

안토니오 네, 나리, 조금 전 흰 속옷을 입고, 제기랄, 어떤 녀석이 뛰어갔죠.

백작 (초조해서) 그래서?

안토니오 저는 쫓아가려고 했죠. 그러나 문에 부딪혀 손을 다쳐서 꼼짝 못하게 됐으니까요. (손가락을 보인다)

백작 그래도 누군가 알아봤겠지?

안토니오 그럼요, 전에 본 일만 있다면 말입니다.

수잔느 (피가로에게 낮게) 보진 못했군.

피가로 그 사람 화분 하나 들고 잔소리깨나 많다. 그까짓 비단향 꽃무가 얼마야? 이 울보야. 나리, 물어볼 것 없어요, 제가 뛰었으니까요.

백작 뭐! 네가?

안토니오 아, 그동안 네 몸이 굉장히 컸구나. 뛰어내릴 땐 조그맣고 날씬했는데.

피가로 물론이지, 이 양반아. 뛸 땐 몸을 웅크리지 않나?

안토니오 내 생각엔 뭐니 뭐니 해도 고 세뤼뱅 녀석······.

백작 세뤼뱅 말이지?

피가로 그렇겠죠. 지금쯤 세비야에 도착했다가 급히 돌아왔단 말이겠죠.

안토니오 아니, 난 그런 소리한 게 아냐. 나는 그가 말을 타고 가는 것을 보았으니 피가로의 말대로 그는 여기 없지.

백작 이거 못 견디겠군.

피가로 하도 더워서 제가 속옷 바람으로 하녀 방에 있었죠. 수잔느가 오길 기다렸는데 갑자기 나리 목소리가 들려왔죠. 편지한 것도 있고 해서 겁을 먹고 솔직히 말하면 뒷일을 생각 않고 화분들 위로 뛰어내렸죠. 그래서 오른발을 조금 절뚝거리죠. (발을 비빈다)

안토니오 그게 당신이면 이 쪽지를 돌려주겠소. 뛰어내리다 옷에서 떨어졌으니까.

백작 (그 종이를 보며) 이리 내놔! (종이를 펴 보고 다시 접는다)

피가로 (낮게) 아이고! 큰일났군.

백작 (피가로에게) 아무리 놀라도 이 종이에 무엇이 씌어 있는지 알겠지? 어떻게 이것이 네 호주머니에 있었지?

피가로 (당황하며 호주머니를 뒤진다. 종이쪽지를 꺼내며) 물론이죠. 쪽지가 많으니 전부 조사해봐야죠. (쪽지를 보며) 아! 이것은 마르셀린느의 편지로구나. 네 장이나 되는군. 멋진 필적이다. 그러고 보니 감옥에 있는 저 밀 사냥꾼의 청원서인가? 아니구나, 그건 여기 있군. 이쪽 호주머니에 별장의 가구 목록이 있으니, 응 그건가?

백작 (백작은 종이를 다시 펴 본다)

백작부인 (낮게 수잔느에게) 어쩌지? 수잔느, 그것은 장교 발령장인데.

수잔느 (낮게 피가로에게) 장교 발령장.

백작 (종이를 다시 펴며) 이 모략꾼아, 알지 못하겠나?

안토니오 (피가로에게 다가서며) 나리가 당신한테 생각나느냐고 하시는데?

피가로 (그를 밀어젖히며) 재수 없게 남의 코앞에서 이야기해.

백작 생각 안 나지?

피가로 아! 그 녀석의 발령장인가 보군. 나에게 준 것을 깜박 잊었군. 난 참 정신 나갔어. 영장 없이 어쩌려고 그러지? 빨리!

백작 왜 그애가 영장을 너에게 줬지?

피가로 (당황하며) 뭘 좀 부탁해달라고요.

백작 (종이를 보며) 이 영장이 뭐가 부족해서?

백작부인 (낮게 수잔느에게) 도장이 없어.

수잔느   (낮게 피가로에게) 도장이 없어.

백작   (피가로에게) 대답 안 해?

피가로   사실은 관례대로 하자면 한 가지 부족하죠.

백작   무슨 관례지?

피가로   나리의 도장이 안 찍혔어요. 물론 대단한 것은 아니지만.

백작   (종이를 다시 펴 보고 화가 나서 꾸기면서) 정말 알 수 없게 되어 있군. (혼잣말로) 피가로 녀석이 전부 조종하는군. 혼내줘야지. (화가 나서 나가려 한다)

피가로   (그를 멈추게 하며) 나리, 결혼에 대해서 우리에게 축언(祝言)도 안 주시고 물러가시나요?

22장

　바질르, 바르톨로, 마르셀린느, 피가로, 백작, 그리프 솔레유, 백작부인, 수잔느, 안토니오, 백작의 시종.

마르셀린느   (백작에게) 분부 내리지 마세요, 나리. 그에게 자비를 베풀기 전에 우리는 밝힐 것이 있으니까요. 그 남자와 나와 약속이 있죠.

백작   (혼잣말로) 이젠 복수하게 됐군.

피가로   약속이라니? 무슨 약속인지 말해봐요.

마르셀린느 얘기하고말고.

백작부인은 의자에 앉고 수잔느는 그 뒤에 서 있다.

백작 마르셀린느는 무슨 얘기지?
마르셀린느 결혼 약속입니다.
피가로 아니죠, 채권 증서죠.
마르셀린느 (백작에게) 거기에 결혼한다는 조건이 붙어 있죠. 나리는 성주시고 이 지방 최고 재판관이시니까요.
백작 재판소에 고소해. 내가 거기서 재판해줄 테니.
바질르 (마르셀린느를 가리키며) 그러면 나리, 제가 마르셀린느에 대해서 가진 권리도 하나 인정해주십쇼.
백작 (혼자서) 아! 그놈의 편지 건이군.
피가로 아! 또 하나의 미친놈이 나왔군.
백작 (화내며 바질르에게) 권리라니? 너는 내 앞에서 감히 말할 수 있느냐, 이놈아.
안토니오 (손뼉 치며) 그거 멋진데? 정말 그놈은 병신이니까.
백작 마르셀린느, 법정에서 공개하여 심판이 날 때까지 모든 것을 연기한다. 알아두어라, 정직한 바질르는 충실하고 확실한 일꾼으로선 내가 인정한다. 그러니 마을에 가서 재판관들을 불러와.
바질르 마르셀린느 사건을 위해서요?

백작　그리고 그 편지 전한 농민도 데려와.

바질르　제가 그것을 압니까?

백작　너도 불복할 테냐!

바질르　나리, 제가 여기 온 것은 그 일 때문이 아니죠.

백작　그러면 왜 왔지?

바질르　저는 음악에 대한 재능이 있기 때문에 마님에게 클라브생의 상대자가 되고, 시녀에게는 노래, 세르뱅에게는 만돌린을 가르치러 왔죠. 저의 할 일은 기타를 연주해서 나리 동반자들을 즐겁게 하는 것입니다.

그리프 솔레유　(나오며) 그럼 나리, 제가 가겠습니다.

백작　너는 뭣 하는 놈이냐?

그리프 솔레유　나리, 저는 그리프 솔레유입니다. 양치기로서 불꽃을 올리는 일로 고용되었죠. 오늘은 목장이 쉬는 날이고, 그리고 근처 재판관들을 다 아니까요, 나리.

백작　그대의 열성을 찬양한다. 갔다 와라. 그리고 바질르, 너는 기타를 쳐서 저 그리프 솔레유를 위로하여 동반해라, 나의 손님이니까.

그리프 솔레유　(기쁜 듯) 아, 황홀해라.

　　수잔느는 백작부인 쪽을 그에게 눈짓하며 그것을 막는다.

바질르　(놀라며) 저보고 악기를 연주하며 그리프 솔레유를 따라가

라시니…….

백작   그게 네가 할 일이야. 자, 빨리 가. 안 그러면 쫓아내버릴 테니까. (퇴장)

23장

백작을 제외한 이전의 인물들.

바질르   (방백) 아, 무쇠 항아리에겐 못 당하겠군.
피가로   (방백) 물 항아리니깐 그렇지.
바질르   (방백) 녀석들의 결혼을 돕기는커녕 마르셀린느를 손에 넣도록 해야지. (피가로에게) 아, 자네는 내가 돌아오지 못할 줄 알겠지. (안락의자 위에 있는 기타를 가지러 간다)
피가로   (그를 따르며) 뭐! 갔다 오시오. 못 돌아올까 봐 걱정 안 해도 되니까. 노래하고 싶진 않은 듯 보이니. 내 신부를 위해서 노래를 시작해야지.

그는 다음과 같은 스페인 노래를 부르면서 춤춘다. 바질르는 그것을 반주하고, 다른 사람들은 바질르를 따라간다.

스페인 노래

나는 돈보다는 수잔느의 총명함을 좋아해요.
종 종 종
종 종 종
종 종 종
종 종 종
그녀의 순한 마음 나의 이성(理性)을 사로잡도다.
종 종 종
종 종 종
종 종 종
종 종 종

소리는 멀어지고 그 후 들리지 않는다.

24장

수잔느, 백작부인.

백작부인 (의자에 앉아서) 수잔느! 그 편지를 가지고 멋있는 연극을 했구나.

수잔느 마님, 제가 의상실에서 나올 때 마님 얼굴은 정말 볼 만했어요. 갑자기 창백해지더니 순식간에 새빨개지시더군요.

백작부인 그래, 그애가 창으로 뛰어내렸니?

수잔느 주저하지 않고 뛰어내렸지요. 멋진 애예요. 벌처럼 가볍게.

백작부인 아! 그런데 그 빌어먹을 정원지기가. 나는 당황해서…… 미처 생각을 가다듬지 못했던 거야.

수잔느 마님, 전 마님처럼 훌륭한 분이 거짓말을 익숙하게 하시는데 감탄했어요. 그게 다 사교계에서 익숙해진 탓이겠죠.

백작부인 하지만 나리가 속을 줄 아니? 이 성 안에서 그애를 본다면!

수잔느 제가 곧 가서 숨겨놓도록 하죠, 마님.

백작부인 그애는 떠나야만 해. 지금 같은 일이 있었는데 네 대신 정원에 내보낼 수 있어?

수잔느 그렇다고 제가 갈 수도 없잖아요? 그러면 제 결혼은 어찌 되죠?

백작부인 (일어나며) 가만있어. 너도 갈 수 없다면, 그럼 내가 가면 어때?

수잔느 마님이오?

백작부인 내가 나가면 백작님의 그 질투의 벌과 불신의 증명이 동시에 되니까. 그러고 보니 먼젓번 일이 잘 되어 어서 해보고 싶어지는데. 자, 네가 가서 정원에서 만나드리겠다고 그래라. 하지만 아무도 못 듣게 해야 돼.

수잔느 하지만 피가로한테는.

백작부인 안 돼요, 안 돼. 그 사람은 제 생각대로만 하려고 할 테니. 내 벨벳 마스크하고 지팡이를 가져와. 테라스에 나가 생각 좀 하게.

수잔느는 의상실로 들어간다.

25장

백작부인 (혼자서) 이건 너무 대담한 일인데! (뒤를 돌아보며) 아, 리본! 나의 고운 리본, 너를 깜박 잊었구나. (의자 위에서 그것을 둥글게 감고) 이제 나를 떠나지 마라. 언제나 그 불행한 아이를 생각하게 해다오. 아, 나리는 그 무슨 일을 했던가 나는 지금 무엇을 하는 것일까?

26장

백작부인, 수잔느.

백작부인은 미친 듯 리본을 가슴에 넣는다.

수잔느   지팡이와 마스크를 가져왔습니다, 마님.

백작부인   이번 일은 피가로에겐 한마디도 해선 안 돼.

수잔느   (기꺼이) 마님 생각은 정말 멋져요. 잘 생각해보니 만사가 잘 되고 무슨 일이 있어도 저의 결혼만은 안전할 테니까요. (마님 손에 입 맞추고, 둘 다 퇴장)

    (막간에) 하인들이 공판 준비를 한다. 변호인용 안락의자를 두 개 가져와 무대 양쪽 끝에 놓고, 그 뒤는 통행이 자유롭다. 무대 양쪽 중앙에는 두 개의 계단 붙은 대(臺)를 놓고, 그 위에 백작의 큰 의자를 놓는다. 서기의 책상과 작은 의자를 그 앞에 놓고, 브리두아종과 다른 법관석은 백작 의자 양쪽에 놓는다.

3막

 무대는 왕좌실(王座室)이라 불리는, 성내의 재판에 쓰는 방. 측벽에는 천개(天蓋) 달린 뾰족 나온 곳이 있어 그 끝에 국왕의 초상화가 걸려 있다.

1장

백작, 페드리유(양복에 장화를 신고 봉함한 편지를 들고 있다).

백작 (빨리) 잘 알겠지?
페드리유 네, 각하. (나간다)

2장

백작 혼자 소리침.

백작 페드리유?

3장

백작, 페드리유(다시 돌아온다).

페드리유 무슨 일이십니까? 백작 나리.
백작 아무도 보지 못했지?

페드리유   네.

백작   그 동양종(東洋種) 말을 타고 가게.

페드리유   그 말은 벌써 안장을 얹어서 채소밭 옆에 매놓았습니다.

백작   자, 세비야까지 당장 달려가게.

페드리유   12킬로밖에 안 되고 길도 좋지요.

백작   도착하면 세뤼벵이 거기 있나 살펴보란 말이야.

페드리유   숙소를 말입니까?

백작   그래, 그리고 언제 도착했는가 그 시기를 알아야 돼.

페드리유   네.

백작   그리고 발령장을 주고는 곧 돌아와.

페드리유   그가 없을 경우에는요?

백작   그럼 즉각 돌아와서 내게 보고해야지. 자, 가라!

4장

백작   (혼자 생각에 잠기며 걷는다) 바질르를 멀리 보낸 것은 실수인데, 화를 내면 꼭 손핼 본단 말이야. 내 처를 노리는 녀석이 있다는 것을 알려준 그 편지. 내가 도착했을 때 의상실에 있었던 하녀라, 사실이든 거짓이든 그때 로진느가 당황하는 그 모습, 창에서 뛰어내렸다는 사나이, 나중에 자백한 사나이, 그놈은 자기 짓이라 하지만……. 통 알 수가 없어. 하여튼 심상치 않은 일이 있어.

놈들의 버릇없는 짓. 그놈들이 하는 일을 상관할 바는 아니지만 혹시 나의 로진느를 어떤 괘씸한 놈이 노린다면……. 내가 무슨 생각을 하는 거야. 사실 약이 오를 땐 아무리 생각해도 꿈꾸는 것만 같단 말이야. 로진느가 장난친 건 아닐까? 그 웃는 꼴이라든가 시침을 떼는 꼴이라든가 거기다 제법 자존심은 강하지. 그런데 나의 명예는 어떻게 되는 거지? 나는 어떡하면 좋은가? 그 교활한 수잔느가 나의 사랑을 폭로했을까? 그애가 그걸 감출 이유는 없으니까. 난 왜 이렇게 바람기가 있지? 헤아릴 수 없이 포기해왔는데……. 왜 마음이 안정되지 않을까? 수잔느가 내 말만 들어도 내가 이렇게까지 집착하지는 않으련만. 그리고 나니 그놈의 피가로가 꽤 참고 견디는데? 그놈 심중을 좀 알아봐야지.

피가로가 멀리 나타나며 멈춘다.

그 녀석한테 수잔느에 대한 내 연정을 아는지 모르는지 돌려서 물어봐야지.

5장

백작, 피가로.

피가로　(방백) 그래서.

백작　그녀에게서 무슨 말을 들어 알고 있다면.

피가로　(방백) 그럴 줄 알았지.

백작　그 녀석을 마르셀린느 할멈하고 결혼시켜버려야지.

피가로　(방백) 바질르의 애인 말인가?

백작　그렇게 되면 그 젊은 것이 어떻게 하는가 봐야지.

피가로　(방백) 저의 아내 말인가요?

백작　(돌아서며) 아! 웬일이야.

피가로　(앞으로 다가서며) 나리를 돌보아드리려고 왔습니다.

백작　그런데 왜 그런 소릴 했지?

피가로　아무 말도 안 했습니다.

백작　저의 아내 말인가요? 라고……

피가로　그것은 지금 다른 사람에게 대답한 겁니다. 제발 저의 아내에게 그 말을 해달라고 말하려다 그만둔 거죠.

백작　(거닐며) 저의 아내라. 한데 너를 부르러 보냈는데 왜 이제 오지?

피가로　(옷을 잘 다듬는 시늉을 하며) 창밖으로 떨어질 때 옷이 더러워져서 갈아입느라고……

백작　그게 한 시간이나 걸리나?

피가로　시간이 걸립죠.

백작　이 집 하인들은 주인보다 옷 입는 시간이 더 걸려.

피가로　그건 당연하죠. 옷 입혀주는 사람이 없으니까요.

백작   나는 네가 아까 창에서 뛰어내리는 그런 쓸데없는 위험한 짓을 왜 했는지 통 이해가 안 가는데.

피가로   위험이라뇨? 산 채로 지옥에 떨어지려고 그랬죠.

백작   (속은 척하며) 날 속이려 하는군. 이놈 내가 걱정하는 것은 그 위험한 행동이 아니고 그 동기에 대한 거야.

피가로   헛소문을 그대로 믿으시고 버럭 화를 내시면서 나리가 미친 듯 사람을 부르고 되는 대로 마구 부수고 모레나의 급류처럼 문과 창을 모두 부술 기미신데 제가 그때 밖으로 뛰어내렸으니 망정이지 거기 있었다면 나리의 물불을 가리지 않는 노여움을 어떻게 감당했겠습니까.

백작   (말을 막으며) 그럼 계단으로 도망가지 않고.

피가로   그러나 복도에서 나리한테 붙들리면 어떡하죠?

백작   (화내며) 복도에서? (혼잣말로) 내가 이렇게 화를 내다간 아무것도 안 되겠는데.

피가로   (방백) 형세는 잘 보고 행동해야죠.

백작   (좀 누그러지며) 사실 난 그 말을 하려고 한 게 아닌데 그만두지. 실은 나는 너를 문서 배달부로 런던에 데려가려 하는데 잘 생각해보니——.

피가로   생각을 바꾸셨나요?

백작   넌 영어를 모르잖아.

피가로   Goddam을 압니다.

백작   뭐라고?

피가로 Goddam을 안다고요.

백작 그래서?

피가로 영어는 좋은 글이죠. 멀리 가려고 배울 필요는 없죠. Goddam만 알면 영국에서는 다 통한다니까요. 우선 나리가 살진 영계를 잡수시려고 요리점에 들어가면 보이한테 (꼬챙이를 놀리며) "Goddam" 하십니다. 그러면 소금 바른 넓적다리를 금세 가져오죠. 멋진 부르고뉴 포도주를 마시고 싶을 때는 (병을 여는 시늉을 하며) Goddam 하면 멋진 주석 컵에 거품이 솟는 맥주를 가져오죠. 멋지지 않아요? 아름다운 부인이 눈을 내리뜨고 사뿐사뿐 세련된 걸음걸이로 팔꿈치를 뒤로 하고 허리를 흔들면서 걸어올 때 애교 있게 손가락을 입에 대고 아, Goddam! 하면 그녀는 힘차게 뺨을 한 대 치겠죠. 그게 알았다는 뜻이죠. 영국 사람은 사실 이야기할 때에 여러 가지 말을 섞지만 그 말의 근저에는 Goddam이라는 말이 그 바탕을 이루고 있다는 것은 누구나 알아요. 나리가 저를 스페인에 그냥 놔두실 만한 특별한 동기가 없으시다면…….

백작 (방백) 아, 런던에 가고 싶은 모양이군. 수잔느가 아직 말하지 않은 모양이군.

피가로 (방백) 내가 모르는 줄 아시는군. 좀 더 골려줘야지.

백작 그럼 로진느는 왜 그런 연극을 했지?

피가로 그건 나리가 저보다 더 잘 아시죠.

백작 나는 언제나 잘 돌봐주고 선물도 주었는데…….

피가로 물론 그러셨죠. 하지만 그건 나리가 불성실하니까 그렇지요. 필요한 것은 빼앗고 쓸데없는 것만 주시니 누가 만족합니까?

백작 너는 옛날에는 무엇이든 내게 다 말했는데…….

피가로 지금도 숨기는 거라곤 아무것도 없습니다.

백작 너는 얼마나 받고 마님의 일을 돌봐주는 거냐.

피가로 마님을 의사 선생 손에서 빼앗을 때 나리는 저에게 얼마 주셨죠? 나리, 충실한 하인을 모욕해선 못씁니다. 그럼 자연 질이 나빠지고 마니까요.

백작 자네가 하는 일에는 어딘지 비틀어진 데가 있어.

피가로 남의 결점만 보려 들면 결점밖에 보이는 것이 없는 법입니다.

백작 네 소문이 좋지 않게 나돌아!

피가로 하인 녀석이니 별수 없겠습니다만 그런 말씀 하시는 나리께서는 떳떳하신가요?

백작 너는 수없이 행복을 타고나도 꼭 엇나가거든.

피가로 그럼 어쩌란 말씀입니까? 누구나 행복을 잡으려고 애쓰는 게 인생 아닙니까. 서로가 뛰고, 서둘고, 밀고, 치고, 뒤집어엎죠. 그러니 한 사람이 행복해지면 나머지 사람은 거기에 짓밟혀 터지게 되죠. 그래서 저는 행복을 포기하고 있습니다.

백작 행복을? (방백) 처음 듣는데.

피가로 (방백) 지금이 좋은 때다. (큰 소리로) 나리는 제게 성의 문지기 일을 시키셨습니다. 저는 그만하면 행복하죠. 정보를 들고 뛰어다니는 문서 배달부가 되고 싶지 않아요. 그보다는 안달루시

아에서 제 아내와 행복하게 살고 싶어요.

백작 아내를 런던으로 데려갈 수도 있잖아?

피가로 하지만 어차피 헤어져야 하니 머릿속엔 아내 생각으로 꽉 차게 되겠죠.

백작 너의 성격과 재치로는 언제고 서기관으로 승진이 될 거야.

피가로 재주가 있다고 승진하나요? 나리께서는 농담을 하시나요? 평범하게 그저 아첨만 잘하면 무엇이든 될 수 있죠.

백작 내 밑에서 정치학만 조금 배우면 되지.

피가로 정치학 같은 건 저 잘 압니다.

백작 영어처럼 말의 근본인가?

피가로 네, 제가 자랑할 수 있는 점은 바로 그거죠. 아는 것을 모르는 척하고 모르는 것을 아는 척하고 무엇보다 중요한 것은 자기 역량(力量) 이상의 것을 할 수 있는 것처럼 보여주는 거죠. 아무것도 아닌 것을 큰 비밀처럼 감추고 펜을 가는데도 방문을 잠그고 속이 텅 비었으면서도 뭔가 있는 것처럼 보여주죠. 때와 장소에 따라 좋은 사람도 되고 나쁜 사람도 되고 염탐꾼을 여기저기 보내고 배반자를 보호해주고 봉함을 몰래 열어보고 편지를 횡령하고 빈약한 내용을 중요하게 만들고 그런 것이 바로 정치학 아니겠어요?

백작 네가 말하는 것은 권모술수라는 거야.

피가로 정치학이건 권모술수건 명칭은 아무래도 좋아요. 아무튼 그것들은 친척이라고 생각하니까요. 다른 사람을 택하시는 게 좋을 겁니다. 그보다는 〈훌륭한 왕〉의 노래에 있는 것처럼 나는 내 인생을 더 사랑해요. 아, 즐거워라.

백작 (방백) 그 녀석 안 가려고 드네. 그럼 수잔느가 나를 배반했군.

피가로 (방백) 그를 속이고 그가 대가를 지불하도록 해야지.

백작 그럼 마르셀린느의 재판에 이기고 싶은가.

피가로 나리는 백성들 가운데 젊은 여자들을 모조리 건드리시면서 내가 할머니를 싫어하는 것을 죄가 된다고 생각하시나요?

백작 (조소하며) 법정에서의 재판관은 자기는 소멸시키고 법만을 생각하는 거야.

피가로 윗사람에게는 관대하고 아랫사람에겐 가혹한 그런…….

백작 너는 내가 농담을 하는 줄 아느냐.

피가로 누가 알아요. 이탈리아 사람은 진실만 말한다니까요. 내가 악의를 가졌는가 선의를 가졌는가 이탈리아 사람한테 물어보면 제일 잘 알 수 있다니까요.

백작 (혼자서) 이 녀석 모르는 것이 없군. 그 할멈과 결혼시키고 말 테다.

피가로 (방백) 나를 상대로 또 연극을 하려 드는군.

6장

백작, 하인, 피가로.

하인   (들어와서 알린다) 브리두아종 선생님이 오셨습니다.

백작   브리두아종?

피가로   네, 그렇습니다. 나리 부하인 재판소장 판사 나리겠죠.

백작   기다리라고 해.

하인 나간다.

7장

백작, 피가로.

피가로   (생각에 잠긴 백작을 잠깐 바라본다) 나리께서 저를 찾으신 용무는 그것뿐이십니까?

백작   (정신 차리며) 뭐? 나는 이 방을 공판정으로 쓸 준비를 하라고 말했어.

피가로   뭐 부족한 게 있나? 나리의 안락의자, 부하의 멋진 의자, 서기 의자, 변호사석, 신사, 숙녀용 좌석, 그리고 천한 놈들은 그 뒤에 자리 잡고 그러면 됐죠? 저는 일꾼을 보내겠어요. (퇴장한다)

8장

백작 (혼자) 저 못된 녀석은 나를 당황하게 만드는군. 의논하면 실속을 차리고 나를 꼼짝 못하게 휘어잡으니, 아, 지독한 연놈들이다. 한패가 돼서 날 조롱하는구나. 네 놈들이 친구가 되건 애인이 되건 마음대로 돼라. 하지만 부부만은 안 된다.

9장

    수잔느, 백작.

수잔느 (헐떡이며) 나리, 죄송합니다.
백작 (불쾌한 듯) 왜 그래?
수잔느 화나셨어요?
백작 무슨 말을 하려는 거지?
수잔느 (수줍은 듯) 마님께서 심화병이 나셨어요. 나리의 신경 안정제를 잠깐 빌리러 왔어요. 곧 돌려드리겠어요.
백작 (그것을 그녀에게 주며) 그럴 필요 없어. 네 심부름 값으로 가져. 너도 필요할 때가 있을 테니.
수잔느 저 같은 신분의 여자야 골치 아플 일이 있어야 말이죠? 그 병은 규방에 갇혀 있는 여자에게만 걸리는 건데요.

백작 약혼한 남자에게서 버림받은 여자도 걸리지.

수잔느 나리가 약속한 지참금으로 마르셀린느에게 갚겠어요.

백작 내가 약속을 했다고? 내가 돈을?

수잔느 (풀이 죽어) 나리, 전 그렇게 말씀하신 걸로 알았는데.

백작 그럼 내 말을 들어준다는 조건이라면…….

수잔느 (눈을 내리뜨며) 나리 분부를 듣는 것은 저의 의무 아니겠습니까?

백작 그런 말을 왜 진작 하지 않았지?

수잔느 진실을 말씀드리는 데 늦었다고는 생각 않습니다, 나리.

백작 그럼, 해질 무렵 정원에 오겠니?

수잔느 저야 밤마다 거길 산책하니까요.

백작 너는 오늘 아침 나를 단단히 당황하게 해놓고선.

수잔느 오늘 아침 일 말이죠? 세뤼벵이 의자 뒤에 있었지만 뭐…….

백작 그건 그래. 그건 잊어버려야지. 한데 바질르가 너에게 내 대신 이야기했을 때 왜 그리 완고하게.

수잔느 무엇 때문에 제가 바질르에게다…….

백작 그것도 네 말이 옳다. 그런데 피가로 녀석 말이야. 넌 그 녀석에게 아무 말 안 했겠지?

수잔느 다 말했죠. 말해서 안 될 것만 빼고요.

백작 (웃으며) 말 잘하는군. 그럼 약속했지? 안 지키면 혼날 줄 알아. 지참금도 결혼도 취소니까.

수잔느 (인사하며) 결혼뿐 아니라 성주로서의 권리도 없어지는 거죠.

백작 어디서 그런 걸 배웠어. 귀여운 애로군. 하지만 마님이 향수를 기다리니…….

수잔느 (웃으며 병을 돌려주며) 구실이 없으면 나리를 만날 수 있어야죠.

백작 (그녀에게 입맞추려 하며) 넌 참 귀엽구나.

수잔느 (비켜서며) 누가 오나 봐요.

백작 (혼자서) 저애는 내 거야. (사라진다)

수잔느 빨리 마님에게 알려야지.

10장

수잔느, 피가로.

피가로 수잔느, 수잔느, 나리와 헤어져 어딜 그렇게 급히 가지?

수잔느 이제 곧 소동이 시작될 텐데, 재판은 당신이 이기는 게 틀림없어요. (가버린다)

피가로 (따라가며) 잠깐만.

11장

백작 (혼자 들어오며) 재판은 당신이 이기는 것이 틀림없다고? 그것 참 잘 됐군. 괘씸한 놈들. 두고 봐라. 멋진 판결을 내릴 테니까. 그런데 할멈에게 빚을 갚으면…… 갚긴 뭘로 갚아! 또 갚는다 해도 그까짓…… 하하…… 그렇군. 안토니오가 또 있군. 그는 잘 알지 못하는 피가로 녀석하고 조카딸이 결혼하는 것을 반대하고 있으니 그의 그런 기질을 이용해서…… 그렇고말고 권모술수의 대전쟁인 바에야 무슨 방법이든 하다못해 바보의 자존심까지도 도구로 사용할 줄 알아야지. (소리쳐 부른다) 안토니오. (마르셀린느와 다른 사람이 들어오는 것을 보고 퇴장)

12장

바르톨로, 마르셀린느, 브리두아종.

마르셀린느 (브리두아종에게) 나리, 제 얘기 좀 들어보세요.
브리두아종 (법관복을 입고 좀 더듬거리며) 자, 구두로 지, 진술해보시오.
바르톨로 결혼 계약 문제인데.
마르셀린느 거기에는 빚이 관계되죠.

브리두아종 아, 알겠소. 그 밖의 것은?

마르셀린느 그 밖의 것은 없습니다, 나리.

브리두아종 아, 알겠소. 그 돈은…… 가져왔나요?

마르셀린느 아니오, 나리. 돈을 빌려준 건 저예요.

브리두아종 잘 아, 알겠소. 그, 그럼 그 돈을 재촉하는 겁니까?

마르셀린느 아니죠, 나리. 그 돈 대신 제가 그 사람하고 결혼하겠다는 겁니다.

브리두아종 예! 아주 잘 아, 알았소. 그럼 그 채무자는 당신과 결혼할 의사가 있습니까?

마르셀린느 그런 의사가 없기 때문에 재판을 해달라는 거죠.

브리두아종 그 소송 사건은 나도 알고 있어. 내가 그것도 모르는 줄 아나.

마르셀린느 아니죠, 나리. (바르톨로에게) 어떻게 하는 소리지? (브리두아종에게) 그럼 당신이 우리들을 재판한단 말이죠?

브리두아종 내가 이 직업을 비싸게 산 것은 재판하려고지 다른 일 때문은 아니야.

마르셀린느 (한숨 쉬며) 아, 직업을 팔고 사다니.

브리두아종 그야 무료로 줬으면 더욱 좋지만, 그래 누굴 고소할 작정이지?

13장

바르톨로, 브리두아종. 피가로는 손을 비비며 들어온다.

마르셀린느 (피가로를 가리키며) 나리, 바로 저 거짓말쟁이입니다.

피가로 (유쾌하게 마르셀린느에게) 아, 죄송하게 됐습니다. 나리도 곧 오실 겁니다, 법관님.

브리두아종 오. 이 녀석 어디서 본 것 같은데……?

피가로 세비야의 마님댁에서 뵀었죠. 그분 시중을 들었으니까요.

브리두아종 그게 언제쯤이지?

피가로 댁의 아드님이 태어나기 1년 전이죠. 그앤 참 귀엽게 생겼죠. 전 항상 사랑했죠.

브리두아종 그렇고말고, 내 아이가 제일이었지. 자네도 이제 어린 애를 갖게 된다면서?

피가로 그런 말씀 들으니 죄송합니다. 저야 보잘것없는 놈인데…….

브리두아종 결혼 약속인가, 아, 얼빠진 녀석이군.

피가로 나리.

브리두아종 나의 비서를 못 보았나.

피가로 서기인 드불맹 말이죠.

브리두아종 그렇지, 그는 직업이 둘이라 양쪽에서 뜯어먹지.

피가로 먹을 정도가 아니라 처먹죠. 그는 초본도 만들고 초본의 보충 서류도 만들어 해먹고 사는 놈이니까.

브리두아종 어떻든 형식은 갖추어야 하니까.

피가로 물론이지요. 소송 내용이 소송인의 것이라면, 소송 형식은 재판소의 밥벌이니까요.

브리두아종 이 녀석 생각한 것처럼 바보는 아닌데……. 너 아는 게 많으니 너의 일은 신중히 처리해주지.

피가로 나리, 저는 나리의 재판이 공명할 것으로 믿고 있습니다. 나리는 우리의 재판관이니까요.

브리두아종 응, 그렇지. 하지만 자네가 빚이 있다면야 그것을 갚는 것이…….

피가로 아, 그건 제게 빚이 없다는 것을 곧 알게 되실 겁니다.

브리두아종 그럴지도 모르지. 저건 무슨 소리야.

14장

바르톨로, 마르셀린느, 백작, 브리두아종, 피가로, 집행인.

집행인 (백작이 나타남을 알리며) 성주님께서 오십니다.

백작 아, 브리두아종군, 법관 옷을 입었나. 내 시종을 재판하는 건데, 보통 옷으로도 괜찮을걸.

브리두아종 나리, 나리께서야 괜찮으시겠지만 모든 일에는 형식이라는 것이 있어서 말씀입니다. 짧은 평복을 입은 법관이 제아무리 버텨보았자 긴 법복을 입은 검사를 보기만 해도 기가 꺾이고 말죠. 무엇보다 형식이 중요합니다.

백작　(집행인에게) 방청인이 들어오도록.

집행인　(목쉰 소리로 문을 열며) 개정.

15장

앞 장(場)과 같은 인물, 안토니오, 성(城)의 신하들, 나들이옷을 입은 남녀 백성. 백작은 가운데 큰 의자에 앉아 있고 브리두아종은 옆 의자에 앉고 서기는 책상 앞 의자에 앉고, 재판관과 변호인은 조그만 의자에 앉고 마르셀린느는 바르톨로 옆에, 피가로는 다른 벤치에, 그 뒤에 백성과 신하들이 서 있다.

브리두아종　(드불맹에게) 드불맹! 소장(訴狀) 낭독. (드불맹은 서류를 읽는다)

드불맹　"우리의 고상하고 무한히 고상한 극히 최상의 로스 알토스의 남작 돈 페드로 조르지 이다르고 대 젊은 극작가 알론조 칼데롱에 관한 소송. 이 사건은 한 편의 유산 희극에 대해서 양인(兩人) 각자(各者)임을 부인하고 상대방에게 그 권리를 전가시키려는 사건임."

백작　쌍방이 다 옳아. 재판할 필요 없어. 앞으로 사교계에서 명성을 얻으려면 다른 작품을 써서 귀족은 작품에 서명하고 시인(詩人)은 재능을 발휘하는 데 협력할 것.

드불맹 (다른 서류를 읽는다) "농부 앙드레 페트루치오의 이 지방 세무원에 대한 불법 강제 집행에 대한 항의."

백작 그 사건은 내 권한 밖의 일이야. 부하를 시켜 왕에게 의논키로 함. 다음.

드불맹 (세 번째 서류를 든다. 바르톨로와 피가로가 일어선다) 성년이 된 여자 바르브-아가르-라브-마들렝-니콜 마르셀린느 드 베르트 알뤼르와(마르셀린느 일어나 인사한다) 피가로…… 세례명란은 비어 있음.

피가로 무명씨입니다.

브리두아종 무명씨라니? 그런 이름은 들어본 적이 없어. 무어지.

피가로 나의 이름이죠.

드불맹 (쓴다) 무명씨 피가로에 대한…… 신분은?

피가로 귀족.

백작 네가 귀족이야? (서기는 쓴다)

피가로 신이 원했으면 왕족이 됐을지도 모르죠.

장내 수군댄다.

백작 (서기에게) 다음을 진행해.

집행인 (쉰 목소리로) 여러분 조용히.

드불맹 (읽는다) 피가로의 결혼에 대한 의사 바르톨로의 이의 신청에 관해서 피가로는 재판소의 관례 법규에 따라 변호인을 선정 자기 변호를 하게 할 것.

피가로 드불맹 선생, 관례라는 것은 대개의 경우 행패죠. 머리가 좀 있는 사람이라면 변호사를 대기보다는 자기의 사건을 더 잘 알고 있는 자기가 변호를 할 겁니다. 변호사라는 것은 추운데도 땀을 흘리면서 큰 소리로 외치고 사실 이외의 것을 무엇이든 아는 척 늘어놓아 소송인을 해치우죠. 방청인이 지루해하는 것도 나리들이 코를 고는 것도 상관 않고 해치우지요. 하지만 나는 몇 마디로 요약해서 사실을 말하겠어요. 여러분…….

드불맹 쓸데없는 소린 삼가기 바라네. 자네는 원고가 아니니까 변명만 하면 되는 거야. 자! 의사 선생, 나와서 계약서를 읽어주시오.

피가로 그렇지 계약서지.

바르톨로 (안경을 끼고) 계약서는 명백하죠.

브리두아종 일단 봐야지.

드불맹 여러분 조용히.

집행인 정숙.

바르톨로 (읽는다) "본인(本人)은 아구아스 프레스카스 저택에서 마르셀린느 드 베르트알뤼르에게 은화 2천 피아스터를 헌 돈으로 받았음을 인정함. 그 돈의 반환 요구가 있을 때는 즉시 갚기로 함. 그러고는 감사의 표시로 그녀와 결혼함. 피가로"라고 서명되어 있습니다. 제 생각으로는 피가로는 그 돈을 지불한 다음에 계

약을 이행해야 할 줄로 압니다. (변론을 시작한다)

여러분, 이번 사건은 법정에 제기된 가장 흥미 있는 문제로서 알렉산더 대왕이 어여쁜 탈레스트리스에게 결혼을 약속한 이래로……

백작 (가로채며) 변호인 더 진행하기 전에 그 증서가 유효한가 어떤가 심사를 해야지.

브리두아종 (피가로에게) 지, 지금 낭독에 이의가 있나?

피가로 지금 낭독엔 악의인지 과실인지 모르나, 또 부주의인지 모르나 잘못이 있습니다. 왜냐하면 그 각서에는 분명히 "그 돈을 그녀에게 갚음. 그렇지 않으면 그때 그녀와 결혼할 것"이라고 되어 있지 않고, "돈을 갚음, 그러고는 그녀와 결혼함"이라고 되어 있으니까요. 그 차이는 너무 엄청난 것입니다.

백작 그 증서에는 "그러고는"으로 되어 있나, "그렇지 않으면"이라고 되어 있나?

바르톨로 "그러고는"이죠.

피가로 아니죠. "그렇지 않으면"입니다.

브리두아종 드불맹, 당신이 읽어봐요.

드불맹 (종이를 들고) 그래야겠죠. 관계인이 읽으면 사실을 왜곡할 수가 있으니까. (읽는다) 에, "아가씨 마르셀린느 드 베르트알뤼르, 본인은 그 돈의 반환 요구가 있을 때에는 그녀의 집에서 갚을 것……. 그러고는…… 그렇잖으면……." 이거 글씨가 악필이 되어서, 게다가 얼룩이 있군.

브리두아종　얼룩이 있다고? 나는 그 이유를 알지.

바르톨로　(항변하며) 그러고는 다음에 긍정적인 조건구(句) "그때에"란 말이 있으니 앞의 말과 뒤의 말 사이에 상관적인 역할을 한다고 주장합니다. 따라서 본인은 그 돈을 갚으면서 그때에 결혼한다고 봅니다.

피가로　(항의하며) 나는 거기에 부정적인 조건구(句) "그렇지 않으면"으로 전후의 말을 분리한다고 주장합니다. 그러니까 그렇지 않으면 그녀와 결혼한다는 겁니다.

백작　이 판정을 어떻게 하지?

바르톨로　빨리 해결하려면 말싸움을 집어치우고 "그렇지 않으면"이라고 해두죠.

피가로　그 증서를 하나 써줄 것을 요구합니다.

바르톨로　그렇게 하시오. 하지만 그릇된 잔꾀로는 죄를 피할 수는 없을 테니까. 그런 의미에는 다시 한 번 증서를 읽어보겠소. (읽는다) "그러고는 그때란 말은 결혼식할 그 장소를 말하는 것으로 결혼식장에서 갚는다"는 뜻이 되는 거라고 생각합니다. 다시 말하면 피를 빼고 따뜻하게 누워 있으면서도 약을 마시겠단 뜻이죠. 즉 물약을 먹고 환약도 먹는다는 뜻이죠. 즉 "소생은 위 금액을 갚고 그때에 그녀와 결혼하며 갚지 못할 때에도 결혼한다"는 뜻이 되는 겁니다.

피가로　아니죠, 서면의 문구는 이런 뜻입니다. "병 때문에 그대는 죽든가 그렇지 않으면 의사가 죽인다"는 뜻이죠. 다른 예를 들면 당신은 엉터리 문인이거나 혹은 과대망상증에 걸려 있다는 뜻도 되죠. 그렇지 않으면 바보죠. 뜻이 명백하죠? 앞의 의무를 다하지 않을 경우에는 양자 중 하나의 의무를 다한다는 거죠. 결코 둘 다 한다는 것이 아니죠. 바르톨로 선생은 내가 "그러고는"과 "그렇지 않으면"을 구별 못 하는 줄 알지만 그 정도는 알지요. 즉 소생은 그 돈을 갚거나 그렇지 않으면 결혼하지요.

바르톨로 (빨리) 쉼표가 없지요.

피가로 (급히) 쉼표가 있는데요. 여러분 쉼표가 있고 그 뒤에 그렇지 않으면 그녀와 결혼하죠……

바르톨로 (급히 서면을 바라보며) 쉼표가 없다니까요.

피가로 (급히) 쉼표가 있다니까요. 도대체 결혼하면서까지 돈을 갚는 바보가 어디 있어요?

바르톨로 (급하게) 그럴 수도 있지. 결혼과 회계(會計)는 별개니까.

피가로 (급히) 그럼 결혼한다는 것이 채무의 변상이 아닌 이상 누가 제 몸뚱이까지 바친단 말이오.

재판관들은 일어나서 낮게 논의한다.

바르톨로 이상한 변상법이지.

드불맹 여러분! 조용히.

집행인 (쉰 목소리로) 정숙.

바르톨로 너같이 나쁜 놈은 그렇게 변상을 해야 돼!

피가로 당신이 변호하는 이 사건은 당신에겐 직접 관계가 없는 것 아닙니까?

바르톨로 나는 마르셀린느를 변호하는 거지.

피가로 그렇다면 헛소리는 아무리 해도 좋은데 모욕만은 하지 마쇼. 이 재판소에서는 제삼자에게 변호를 허가하는 이상 그 변호인이 무제한으로 폭력을 사용하는 것은 안 되죠. 그것은 재판의 신성을 모독하는 거죠.

재판관은 낮은 소리로 상담한다.

안토니오 (재판관을 가리키며 마르셀린느에게) 뭘 수군거리는 거지?

마르셀린느 재판관을 매수했어요. 그래서 재판관도 다른 사람을 매수하려는 거지요. 그러니 내가 질 수밖에요.

바르톨로 (낮고 어두운 태도로) 나도 그런 생각이 들어 걱정인데…….

피가로 (유쾌하게) 마르셀린느! 힘을 내십쇼.

드불맹 (기립하여 마르셀린느에게) 그런 무례한 말을 해선 안 돼요! 난 당신을 고소할 테요. 재판소의 명예를 위해서 당신의 실언을 재판하지 않으면 안 되겠소.

백작 (앉아서) 아니야, 서기, 내 대신의 명예에 관한 것은 고소까지 할 것은 없네. 난 그런 것을 좋아하지 않지. 스페인의 법관이란 그런 것쯤에 화를 내서는 안 되지. 그 때문에 자칫 다른 잘못을 저지르게 될지도 모르니까. 나는 지금부터 나의 판결 이유를 말함으로써 금후(今後) 다시는 이런 일이 없도록 경계할 생각이고, 이에 반대하는 재판관은 법률의 적이오. 에, 원고가 무엇을 청구할 수 있는가를 논하기 전에 피고가 빚을 갚지 못할 때는 결혼하기로 돼 있으니 이 두 개가 병합된다면……

드불맹   여러분! 조용히.

집행인   (목쉰 소리로) 정숙.

백작   피고는 이의(異議)가 없소. 피고가 지금까지의 신분을 보호하고 싶다면 이의를 제기해도 괜찮소.

피가로   (기꺼이) 내가 이겼소.

백작   하나 증서에 씌어 있는 것을 보니 "본인은 위의 금액을 청구할 때에는 갚으며 그렇지 않을 때는 결혼한다"고 되어 있으니 재판소는 피고에게 오늘 중에 현금 2천 피아스터의 돈을 원고에게 지불할 것, 그렇지 않으면 당장 원고와 결혼할 것을 명함. (일어선다)

피가로   (당황하며) 그럼 내가 진 게 아닌가?

안토니오   (기뻐하며) 멋있는 판결이다.

피가로   무엇? 멋있어?

안토니오   자네가 내 조카사위가 되지 않는 것이 멋있지. 나리, 고맙습니다.

집행인   (목쉰 소리로) 자, 퇴장해주십시오.

안토니오를 빼고 모두 퇴장.

안토니오 어서 가서 수잔느에게 다 이야길 해줘야지. (나간다)

16장

백작(이리저리 걷는다), 피가로, 바르톨로, 마르셀린느, 브리두아종.

마르셀린느 (앉아서) 아, 이제 안심이군.
피가로 난 숨이 막힐 것 같은데……
백작 (방백) 아, 복수했군. 속이 후련하군.
피가로 (방백) 두고 봐라. 곧 바질르가 돌아와서 마르셀린느의 결혼에 항의할 테니까. (나가는 백작에게) 벌써 가시나요, 나리?
백작 재판이 끝났으니까.
피가로 (브리두아종에게) 이놈의 엉터리 재판관이……
브리두아종 내가 엉터리라고?
피가로 물론이지. 나는 저 따위 여자하곤 결혼 안 해, 나는 귀족이니까.

백작 멈춘다.

바르톨로　당신은 결혼해야 해.

피가로　양친의 승낙이 없어도?

바르톨로　양친의 이름을 대봐. 어서 대봐!

피가로　조금만 기다리면 곧 만나게 될 테니 염려 말아요. 15년 동안이나 찾아 헤맸으니까.

바르톨로　바보야, 너는 주워온 애야!

피가로　행방불명이 된 자식이에요. 그보다도 도둑맞은 자식이에요.

백작　(돌아오며) 뭐 내가 훔쳤다고? 증거를 대봐라. 그러지 못하면 모욕죄로 혼이 날 줄 알아라.

피가로　나리, 제가 부랑자들 손에 넘겨졌을 때 제 몸에는 레이스가 달린 산의(産衣)에 수를 놓은 어깨걸이에 황금 장식까지 붙어 있었습니다. 그것만 봐도 제가 귀족 태생임을 알 수 있으며 이처럼 제가 훌륭하게 자라온 것을 보더라도 제가 귀한 집 출신임을 증명하는 겁니다. 게다가 나의 팔에 붙은 알지 못하는 표식은…….

마르셀린느　(갑자기 일어서며) 오른쪽에 표식이 있다고?

피가로　아니, 그걸 어떻게 알지요?

마르셀린느　아, 그게 너였구나.

피가로　너라니요?

바르톨로　(마르셀린느에게) 저 녀석이 누구라고?

마르셀린느　(다가서며) 에마뉴엘이죠.

바르톨로　(피가로에게) 너를 길러준 사람이 집시였느냐?

피가로　(흥분하며) 저 성 근처에서죠. 선생, 당신이 내가 귀족이란 것을 증명만 해준다면 당신은 큰 덕을 볼 거요. 우리 양친은 분명히 황금 덩어릴 당신에게 안겨줄 거요.

바르톨로　(마르셀린느를 가리키며) 이 여자가 너의 어머니다.

피가로　유모요?

바르톨로　친어머니야.

백작　그의 친어머니라니?

피가로　어째서 그렇지요?

마르셀린느　(바르톨로를 가리키며) 이분이 너의 아버지고……

피가로　(놀라서) 뭐라고요?

마르셀린느　너는 그런 정을 느껴보지 못했느냐?

피가로　못 느꼈는데요.

백작　(혼잣말로) 어머니라고?

브리두아종　그렇다면 결혼할 수 없게 됐군.

바르톨로　그렇다고 내가 결혼할 수도 없지.

마르셀린느　뭐요? 그럼 아들은 어떻게 하죠? 당신은 나에게 약속했잖아요?

바르톨로　그때는 내가 돌았지. 그런 옛일까지 책임을 지다가는 모든 여자들하고 결혼하게 되겠군.

브리두아종　그리고 그렇게 따져보다가는 아무하고도 결혼할 수 없게 되지.

바르톨로　젊었을 때는 누구나 그런 실수쯤 하는 것 아냐?

마르셀린느 (점점 흥분하며) 정말 내 실수지⋯⋯ 큰 실수였어. 나는 내 잘못을 부정하진 않아요. 내 잘못을 알고 있으니까. 하지만 30년 동안 착실하게 살아온 내가 지금에 와서 그 죗값을 받다니. 철이 들 만해서 난 잘못을 저지르지 않으려고 마음을 단단히 먹었죠. 하지만 경험이 부족하고 매일 꿈속을 헤매며 사는 나이에는 남의 말을 믿기 쉽고 게다가 가난에 짓눌리고 있을 때니만큼 그 많은 적을 막을 수 있어야죠. 아마 우리들을 재판하는 판사도 그런 여자를 열 명쯤은 다들 괴롭혔을 거예요.

피가로 가장 죄 많은 녀석이 가장 매정한 법이죠.

마르셀린느 (흥분하며) 배은망덕이나 무정한 남자 정도가 아니죠. 자기가 편리할 때는 노리개로 삼고 막상 방해가 될 때에는 경멸하다니! 우리들 여자가 젊었을 때 지었던 죄를 짊어질 사람들은 당신들이에요. 당신이나 나리께서 우리들의 앞길을 망쳐놓은 거예요. 그러고서도 여자가 잘못했다고 재판할 권리가 있나? 그런 불행하고 가난한 여자에게 올바르게 살 방법이 있습니까? 그런 여자는 마님의 몸 장식 도구를 만들며 살아가는 게 고작인데 그런 직업조차도 남자 일꾼들이 늘어나 다 앗아가버렸죠.

피가로 (화내며) 군인들에게까지 수를 놓게 하니까.

마르셀린느 (열중해서) 여자로 태어나면 비록 귀족일지라도 남자에게서 조롱 섞인 존경밖에 받지 못하죠. 외관상은 존경이지만 실은 노예죠. 여자가 좋은 일을 하면 귀엽게 생각하지만 조금만 잘못하면 혹독하게 비난하죠. 어느 면으로 보나 남자의 짓은 부당합니다.

피가로 그렇고말고요.

백작 (혼잣말로) 그럴듯한데…….

브리두아종 제기랄, 그 여자 말이 옳긴 옳지.

마르셀린느 하지만 얘야, 이런 무자비한 남자한테 사과를 받는다고 뭐가 되는 것도 아니니까. 너도 어디서 출생했는가를 생각지 말고 앞으로 무엇을 할까를 생각해라. 그것만이 자기에게 중요한 일이지. 몇 달 후에는 너의 약혼자도 깨닫고 너만을 믿게 될 거야. 너에게 오면 나는 대답해주지. 너는 네 처와 이 순한 어머니와 같이 살자. 둘이서 마음껏 사랑해줄 테니. 그녀에게 관대해라. 네가 행복해지도록 해라. 누구에게나 유쾌하고 자유롭고 친절히 해라. 이 어미가 바라는 것은 그것뿐이다.

피가로 어머니 말씀은 정말 황금 같은 말씀이에요. 그 말을 명심하겠습니다. 사실 사람이란 바보들이죠. 세계가 시작된 이후 몇 천만 년이란 세월이 지났는데, 그 긴 세월 가운데서 다시는 오지도 않을 지나간 쓰라린 30년을 살고 그것을 누구한테서 받았는가 알지 못해 속을 썩이지요. 평생 과거만 생각하며 사는 것은 물길을 거슬러 올라가는 가련한 말처럼 쉴 새 없이 허우적거리기만 하는 거죠. 이러고 있을 때가 아니에요. 쉴 사이 없이 일을 해야죠. 결과는 잘 되나 기다려볼 거고요.

백작 뜻하지 않은 일이 일어나 망했군.

브리두아종 (피가로에게) 그럼 귀족이니 성이니 하는 것은 무슨 소리야. 날 속이려는 건가.

피가로   아니죠. 어리석은 소리들을 하니 그랬죠, 재판관님. 나는 백 에퀴 때문에 이분을 (바르톨로를 가리키며) 때려죽이려 했는데 알고 보니 나의 아버지 아니에요……. 하여튼 하느님 덕택에 그런 일이 일어나지 않았으니, 아버지 용서하세요……. 그리고 어머닌 제게 입맞춰주세요……. 어머니답게 말이에요.

마르셀린느는 그의 목에 뛰어든다.

17장

바르톨로, 피가로, 마르셀린느, 브리두아종, 수잔느, 안토니오, 백작.

수잔느   (지갑을 손에 들고 뛰어오며) 나리, 잠깐! 그 두 분을 결혼시켜선 안 돼요. 마님에게서 받은 지참금으로 빚을 갚겠어요.

백작   (방백) 그건 또 웬일이야. 모두 음모를 하는 것 같군. (나간다)

18장

바르톨로, 안토니오, 수잔느, 피가로, 마르셀린느, 브리두아종.

안토니오 (피가로가 어머니에게 입맞추는 것을 보고 수잔느에게) 저것 봐라! 빨리 돈을 줘라!

수잔느 (고개를 돌리며) 좋아요, 아저씨. 우린 가요.

피가로 (그를 멈추며) 좀 기다려. 왜 그래! 수잔느.

수잔느 내가 바보였고 당신은 비겁한 사람이에요.

피가로 그건 잘못 알고 하는 소리야.

수잔느 (화내며) 당신은 지금 그 여자하고 입맞추지 않았어요? 좋으면 결혼하세요.

피가로 (유쾌하게) 입은 맞추었지만 결혼은 안 해. (수잔느가 내려가려 하자 말린다)

수잔느 (뺨을 갈기며) 이제 와서 날 붙들다니, 뻔뻔스럽군요.

피가로 (그녀와 함께) 사랑이란 이런 것인가? 자, 가기 전에 이 부인을 잘 좀 보아.

수잔느 보고 있어요.

피가로 어떻게 생각하지?

수잔느 끔찍하게 못생겼지.

피가로 질투 만세! 이분은 당신과 경쟁할 순 없어.

마르셀린느 (팔을 벌리며) 자, 너의 어머니에게 입맞춰줘, 귀여운 수잔느. 너를 괴롭히는 짓궂은 애는 내 아들이다.

수잔느 (그녀에게 달려오며) 뭐라고요? 그이 어머니라고요? (서로 껴안는다)

안토니오 모자 관계라고요……?

피가로 다 알고 있는 일이에요.

마르셀린느 (흥분하며) 역시 이애에게 내 마음이 끌린 것은 잘못된 거야. 사실은 핏줄이 당겼던 거야.

피가로 내가 어머니와 결혼 안 한 것도 그런 분별심에서 온 거죠. 나는 사실 어머니를 미워한 적은 한 번도 없었어요. 빚 때문에도……. (마르셀린느가 그에게 증서를 주며) 이 증서는 네가 가져라. 내 축의금이다.

피가로 정말 고마워요.

마르셀린느 나는 어렸을 때도 불행한 여자였고 조금 전까지도 여자 가운데서 가장 비참한 여자였지만 지금은 가장 행복한 어머니가 됐다. 얘들아! 나에게 입맞춰다오. 정말 귀엽구나. 정말 귀여워서 못 견디겠구나.

피가로 (아주 감동적이 되어) 어머니 그만해두세요. 세상에 태어난 뒤 처음으로 흘리는 눈물에 눈알이 녹겠어요. 기쁨의 눈물이긴 하지만 부끄러움도 없이 눈물을 흘리다니 어이가 없군요. 보세요, 눈물이 손가락까지 흘러내렸어요. (손가락을 펴 보인다) 나는 울지 않고 살려고 했죠. 자, 부끄러움이여, 가거라. 나는 울고 웃고 싶도다. 이런 심정은 평생 다시 느끼지 못할 것이다. (한 팔에

수잔느 또 한 팔에 어머니를 껴안는다)

마르셀린느 애야!

수잔느 어머니!

브리두아종 (손수건으로 손을 훔치며) 그러고 보니 나도 바보였군.

피가로 (흥분해서) 슬픔은 이제 필요 없구나. 이처럼 사랑하는 두 사람 사이에 있는 나에게 슬픔이여! 솟으려면 솟아봐라.

안토니오 (피가로에게) 하지만 두 집안이 결혼할 때에는 양친이 승인을 해야지. 당신 양친은 마음이 맞나?

바르톨로 양친이라뇨? 이런 녀석의 어미와 같이 있을 바엔 죽는 게 낫지.

안토니오 (바르톨로에게) 그럼 당신은 이 자에게 아비가 되지 않는단 말이오. (피가로에게) 그렇다면 더 말할 것 없네.

수잔느 아저씨!

안토니오 내 조카딸을 아비 없는 놈에게 줄 수 없어.

브리두아종 병신 같은 소리 마. 아비 없이 어떻게 어린애가 생기나.

안토니오 제기랄! 나는 줄 수 없네. (퇴장)

19장

바르톨로, 피가로, 수잔느, 마르셀린느, 브리두아종.

바르톨로   (피가로에게) 어디 가서 너를 양자로 삼겠다는 사람이 있나 찾아봐라. (나가려 한다)

마르셀린느   (달려가서 바르톨로의 몸을 잡아당기며) 잠깐만 기다려요, 의사 선생.

피가로   (방백) 안달루시아의 바보들이 하나같이 내 결혼을 방해하는구나.

수잔느   (바르톨로에게) 하지만 이분은 당신의 아드님이에요.

마르셀린느   (바르톨로에게) 똑똑하고 재치 있고 잘생긴.

피가로   (바르톨로에게) 게다가 당신에겐 한 푼도 요구 안 할 것이고.

바르톨로   내게서 훔쳐 간 백 에퀴는 어떻게 하고?

마르셀린느   (그를 달래며) 모두 다 잘 돌봐드리겠어요.

수잔느   (그를 달래며) 좋은 아버님, 우리들은 전부 아버님을 위해 드리겠어요.

바르톨로   (당황해서) 아버지! 아버지! 아버님! 이쯤 되면 내가 이 선생보다도 더 바보가 되는걸. (브리두아종을 가리키며) 이거 어린 애처럼 의지가 약해졌구나.

　　마르셀린느와 수잔느는 그를 껴안는다.

아직 승낙한 게 아냐! (뒤를 돌아보며) 한데, 나리는 어찌 된 거야?

피가로   나리한테 갑시다. 빨리 마지막 승낙을 받아야 해요. 혹시 또 무슨 조작이 있으면 처음부터 다시 시작하게 될 테니까.

일동 빨리 갑시다. (일동은 바르톨로를 데리고 간다)

20장

브리두아종 (혼자) 저 선생보다 더 바, 바보 취급을 하는군. 그런 말은 살짝 해야 하는데……. 하여튼 여기선 어느 놈이나 다 예의 범절을 차릴 줄 모른단 말이야. (퇴장)

4막

　무대는 촛대와 꽃, 생화로 장식된, 말하자면 이제 막 축하 행사가 벌어질 순간이다. 무대 전면 오른쪽에는, 문방구 도구를 갖춘 탁자가 있고 그 뒤에는 안락의자가 있다.

1장

수잔느, 피가로

피가로 (수잔느를 안고) 어때 만족하지? 어머니의 말재주로 아버진 넘어가고 만 거야. 이제 싫건 좋건 그분들은 결혼할 거야. 너의 아저씨도 승낙했고 남은 건 백작뿐이야. 하지만 우리의 결혼이 나리와 마님의 애정을 다시 찾게 하는 결과가 되는 거니까 걱정할 건 없어. 이 좋은 결과를 웃어야지.

수잔느 정말 이렇게 이상한 일이 또 있을까?

피가로 이상한 게 아니라 유쾌한 거지. 나는 나리에게서 지참금을 뜯어내려 했는데 한꺼번에 두 군데서 받게 생겼으니. 너에겐 귀찮은 경쟁 상대가 나타나고 나는 미친 여자에게 몰려 지옥의 괴로움을 맛볼 뻔하다가 무대가 뒤바뀌어 좋은 어머니로 바꾸지 않았어? 어제까지 외톨박이던 내게 오늘은 양친이 생겼고. 물론 내가 꿈속에 생각한 좋은 양친은 아니지만, 돈의 집착이 없는 우리에겐 그다지 나쁜 부모도 아니지.

수잔느 하지만 당신이 기대하던 우리의 사랑도 아직 성취 못 했잖아요?

피가로 그런 건 하늘에 맡겨. 세상이란 그런 거야. 우리가 아무리 열심히 일하고 계획하고 정리해도 운명이란 것이 그것을 다시 정리해주는 거니까. 위로는 대지를 다 삼키려는 욕심 많은 왕부터, 밑으로는 개에 이끌려 아무 불안도 없이 사는 장님에 이르기까지 모든 것이 운명의 장난이지. 때로는 개에 끌려가는 장님이 마차를 타거나 시종에게 둘러싸인 장님보다 더 멋지게 살 수도 있는 거야. 이 사랑받는 장님이야말로……. (수잔느를 마음껏 안는다)

수잔느 우리가 바라는 것은 그것뿐이죠.

피가로 그럼 난 당신을 아름답고도 사랑스러운 문턱으로 인도하는 개 역할을 맡지. 그래서 우리는 영원히 행복하도다. (수잔느는 웃는다)

수잔느 그러면 당신은 다른 여자를 찾겠지요.

피가로 당신이 날 그런 남자로 생각한다면 그런 사람도 될 수 있지.

수잔느 여보, 그러지 말고 진실을 말해요.

피가로 그것은 진실 중의 진실이지.

수잔느 아이 여보, 진실이 그렇게 여러 가지인가요?

피가로 그럼 그렇고말고. 옛날의 철없는 짓도 세월이 가면 깨닫게 되고, 근거 없는 조그만 거짓이 큰 진리가 된다는 것을 안 이래로 이 세상엔 수많은 진리가 있다고 난 믿지. 폭로될까 두려워 만든 진실, 왜냐하면 진실은 입에 내놓기 괴로우니까. 믿지도 않고 지껄이는 진실, 왜냐면 진실이란 믿기 어려우니까. 그리고 열렬한 서약, 어머니의 협박, 주정뱅이의 증언, 계약인의 약속, 상인의 청구서, 이처럼 진리란 무수히 많지. 그 중에도 틀림없는 진리는 수잔느에 대한 나의 사랑일 거야.

수잔느   당신이 좋아하는 걸 보니 기뻐요. 당신도 행복하지요? 자, 이젠 백작과 만나는 일을 생각합시다.

피가로   그 얘긴 그만둬. 난 하마터면 귀여운 수잔느를 그에게 뺏길 뻔했으니까.

수잔느   그럼 백작은 만나지 말까요?

피가로   수잔느, 나를 사랑한다면 너의 명확한 대답을 듣고 싶어. 나로서는 나리가 기다리다 지쳐도 그건 자업자득이라 생각해.

수잔느   하지만 그분과 약속한 것은 본의는 아니었지만 어길 수 없어요. 그렇지 않아요?

피가로   그것도 진실인가?

수잔느   저는 당신 같은 학자는 아니니까, 진실은 하나밖에 없죠.

피가로   하지만 나를 진정으로 사랑하겠지?

수잔느   물론이죠.

피가로   그럴까?

수잔느   왜요?

피가로   사랑은 지나치게 사랑해도 충분치 않은 거야.

수잔느   나는 그런 섬세한 거까지는 몰라요. 하지만 나는 당신만을 사랑해요.

피가로   그 말을 잘 지킴으로써 당신은 뛰어난 여자가 되는 거야.

   (입맞추려 한다)

2장

　　　　피가로, 수잔느, 백작부인.

백작부인　내 말이 맞았지. 여기 같이 있을 줄 알았어. 피가로, 둘이서 정답게 이야기하는 건 좋지만 그러다가 앞길을 깨뜨리기 쉬우니, 자 모두들 기다리는데 가보자고.
피가로　마님, 지당한 말씀입니다. 전 정신을 잃고 있었죠. 죄송합니다. (수잔느를 데려가려 한다)
백작부인　(수잔느를 잡고) 뒤에 갈 테니까.

3장

　　　　수잔느, 백작부인.

백작부인　갈아입을 옷이 있니?
수잔느　필요 없어요, 마님. 나리를 만나지는 않을 테니까요.
백작부인　너 벌써 마음이 변했니?
수잔느　피가로 때문이에요.
백작부인　나를 속이는군.
수잔느　제가 어떻게 마님을…….

백작부인　피가로는 지참금을 싫어하는 남자는 아닐 테니까.

수잔느　마님, 어떻게 하시는 말씀이에요?

백작부인　벌써 백작하고 약속을 한 거군. 그래서 그 계획을 나에게 말해주는 것을 꺼리는 거지? 나도 네 마음을 잘 안다. 나는 어떻게 되든 상관없단 말이지? (퇴장하려 한다)

수잔느　(무릎 꿇고) 하느님께 맹세합니다. 정말 맹세합니다. 그것은 오해십니다. 그렇게 친절하고, 나에게 결혼 지참금까지 주신 마님을 제가?

백작부인　(그녀를 일으키며) 웬일이야? 내가 무슨 말을 했기에. 정원에 가는 일은 내가 알았으니 넌 안 가도 돼. 그러니 네 남편에겐 약속을 지킨 것이 될 거야. 하니까 내 남편을 나에게 데려올 수 있도록 도와줘야 하지 않아.

수잔느　마님은 저를 너무나 놀래주셨어요.

백작부인　나도 경박한 여자지. (수잔느의 이마에 입맞추며) 어디서 만나기로 했지?

수잔느　(부인의 손에 입 맞추며) 정원이라고 했어요, 마님.

백작부인　(탁자를 가리키며) 우리가 장소를 정하지. 펜을 들어.

수잔느　그분에게 편질요?

백작부인　그렇지.

수잔느　마님, 제가요?

백작부인　내가 책임을 질 테니까……. (수잔느는 앉고 백작부인은 부른다) 이것은 시야.

맑게 갠 저녁 하늘

큰 마로니에나무 밑에서

하늘이 맑게 개거든 만나주세요.

수잔느 (쓰며) 마로니에나무 밑에서…… 그리고?

백작부인 큰 소리를 내면 안 돼.

수잔느 (다시 읽으며) 그렇군요. (편지를 다시 접고) 무엇으로 봉하죠?

백작부인 핀으로, 빨리 서둘러! 그 핀 때문에 답장을 할 거야. 그 뒷면에 "봉함한 곳에 꽂힌 핀을 돌려보내주셔요"라고 쓰려무나.

수잔느 (웃으며 쓴다) 아! 핀, 이건 영장보다 더 재미있는데요.

백작부인 (괴로운 웃음을 띠며) 아!

수잔느 (몸을 뒤지며) 핀이 없어요.

백작부인 (제 벨트를 꺼내서) 이것으로 해. (세뤼벵의 리본이 그 안에서 떨어진다) 아, 리본!

수잔느 (그것을 주워서) 이거 그 녀석이 가지고 있던 거군. 마님이 뺏었군요.

백작부인 그놈 팔에 감아두란 말이야, 그럼? 그럼 재미있을지는 모르지만. 자, 이리 내.

수잔느 마님, 피가 묻어 있으니, 몸에 달아선 안 돼요.

백작부인 (뺏으며) 팡세트에게 주면 좋지. 꽃다발을 가져올 때 말이야.

4장

젊은 양치기 여자, 여장한 세뤼벵, 팡세트, 팡세트와 똑같은 옷차림으로 꽃다발을 든 많은 여자들, 백작부인, 수잔느.

팡세트 마님, 마님께 꽃을 바치려고 네 처녀들이 왔습니다.
백작부인 (재빨리 리본을 손에 들고) 아, 귀여운 애들이군. 이처럼 어여쁜 아가씨들 얼굴을 모르다니. (세뤼벵을 가리키며) 이처럼 귀엽고 얌전한 애는 누구지?
양치기 여자 저의 사촌 누이동생입니다, 마님. 결혼식을 보러 왔죠.
백작부인 귀엽군. 이렇게 꽃을 많이 가져와도 전부 달 수가 없으니 처음 가져온 사람 것을 달아야지. (세뤼벵의 꽃다발을 들고 이마에 입맞춘다) 얼굴이 붉어지는군. (수잔느에게) 누구 닮은 것 같지 않아?
수잔느 정말 잘 못 알아보겠어요?
세뤼벵 (가슴에 두 손을 대고 혼자서) 이 입맞춤은 얼마나 그리던 것이던가?

5장

처녀들, 세뤼벵, 팡세트, 안토니오, 백작, 백작부인, 수잔느.

안토니오 나리, 말씀드릴 것이 있습니다. 그 녀석은 아직 있습니다. 여자들이 내 딸 옷을 입혔습죠. 내 딸 방에서 말입니다. 그래서 내가 이 모자하고 제복을 보따리에서 꺼내 왔습니다. (세뤼벵을 보고 모자를 벗긴다. 카드네식〔18세기에 유행한 얼굴 양쪽으로 꼬아서 늘어뜨린 보병의 머리모양〕긴 머리털이 나타난다. 그의 머리에 제모를 씌우고 말한다) 이만하면 장교 같죠?

백작부인 (물러서며) 아니!

수잔느 뻔뻔한 사람!

안토니오 글쎄, 제가 뭐라 그랬습니까?

백작 (화내며) 웬일이야?

백작부인 저도 놀랐어요. 그뿐 아니라 화가 나는군요. 그렇지만 있을 수 있는 일 아니겠어요?

백작 지금 일은 괜찮지만 오늘 아침 일은 어떻게 된 거요?

백작부인 숨기는 것은 나쁘니 다 말씀드리죠. 그때에 이애가 내 방에 있었죠. 우리는 장난삼아 이애에게 여자 옷을 입혔죠. 지금은 아가씨들이 그렇게 했지만. 한데 당신이 와서 난 당황했어요. 당신이 너무 갑자기 나타나서 그는 도망가고 나는 너무나 두려워서 그렇게 된 거예요.

백작　(세뤼벵에게 거칠게) 왜 너는 떠나지 않았어?

세뤼벵　(급히 모자를 벗고) 나리!

백작　명령 불복종에 대해서 벌을 받아.

팡세트　(멍하니) 나리, 제 말씀 좀 들어보세요. 나리가 저에게 입맞추러 올 적마다, 제가 나리 말을 듣는다면, 제 말도 다 들어준다고 그랬죠.

백작　(얼굴이 붉어지며) 그랬던가?

팡세트　그럼요, 그러니 세뤼벵을 벌주는 대신 저와 결혼시켜주세요. 그럼 나리를 나도 좋아하게 될 거예요.

백작　(방백) 동복(童僕)에게까지 농락을 당하다니.

백작부인　어때요, 나리? 저애의 말은 조금도 꾸밈이 없는 말이에요. 이애 말을 들어보셔도 내가 당신에게 이 아이 때문에 걱정을 끼친 것은 아무것도 아니었다는 것을 아실 거예요. 그리고 당신이 공연히 나를 괴롭혔다는 것도 알게 되셨겠죠?

안토니오　나리, 정말 놀랐습니다. 그러실 수가 있습니까? 나는 죽은 이애의 어미처럼 애를 혼내겠습니다. 마님, 계집애란 좀 커지면 금시……

백작　(당황해서 방백) 나를 망치는 악령이 온 집안을 배회하는군……

6장

처녀들, 세뤼벵, 안토니오, 피가로, 백작, 백작부인, 수잔느.

피가로 나리, 언제까지나 아가씨들을 잡아두셔서야 축하도 춤도 못 하잖아요.

백작 네가 춤을 춘다고? 안 되지. 오늘 아침 뛰어내리다 발을 삐지 않았어?

피가로 (발을 움직이며) 조금 아프지만 괜찮아요. (처녀들에게) 자, 아가씨들 이리로.

백작 (그를 잡아 돌리면서) 넌 운이 좋았군, 그 묘목 있는 땅이 단단하지 않아서…….

피가로 정말 운이 좋았죠.

안토니오 (그를 다시 돌리며) 뛰어내릴 때 몸을 오그렸으니까.

피가로 좀 더 익숙했으면 공중에서 머물렀을걸. (아가씨들에게) 자, 아가씨들 갑시다.

안토니오 (그를 돌리며) 그동안에 세뤼벵 녀석은 세비야를 향해 달리고 있었겠다?

피가로 달렸는지 걸어갔는지 모르지.

백작 (그를 돌리며) 너는 그의 발령장을 호주머니에 가지고 있었다고 했겠다.

피가로 (좀 놀라며) 물론이죠, 왜 그렇게 캐물으시죠? (아가씨들에게) 자, 갑시다.

안토니오 (세뤼벵의 팔을 잡아당기며) 여기에 내 사위가 될 거짓말쟁이가 있어.

피가로 (놀라서) 세뤼벵, (방백) 바보 같은 자식.

안토니오 그래도 할 말 있나?

피가로 (그 말뜻을 캐려고) 그럼 그애가 뭐라 그랬기에?

백작 (냉담하게) 아무 말도 안 했어. 비단향꽃무 아래로 뛰어내린 건 자기라고 자백했을 뿐이야.

피가로 (생각에 잠기며) 그애가 그랬다면 그랬는지도 모르지요. 나는 내가 모르는 것까지 알 수는 없으니까요.

백작 그럼 너희들 둘 다 뛰었단 말이냐?

피가로 따지고 보니 그렇군요. 놀라서 뛰는 일이란 흔한 일이니까요. 그것을 파뉘르주〔파뉘르주는 라블레의 작품《팡타그뤼엘》의 등장인물. '파뉘르주의 양'은 부화뇌동하는 인물을 일컫는다〕의 양이라고 하죠. 나리가 화낼 때에는 누구나 도망가야 되니까요.

백작 뭐? 한꺼번에 둘이나 뛰어?

피가로 그거야 한꺼번에 스물네 명도 뛸 수 있죠. 아무도 다치진 않았으니, 그쯤 해두시는 게 어떨까요. (아가씨들에게) 자, 오라니까.

백작 (기분이 상해서) 이 녀석 날 놀리는군.

악대의 전주곡이 울린다.

피가로 자! 나오라는 신호다. 자, 아가씨들 어서 나갑시다. 자, 수잔느, 팔을 이리 내놓고.

일동 퇴장, 세뤼뱅만 머리 숙이고 남는다.

7장

세뤼뱅, 백작, 백작부인.

백작 (피가로가 가는 곳을 보며) 저런 뻔뻔스런 놈이 있나? (세뤼뱅에게) 이 녀석아! 부끄럽지도 않냐? 빨리 옷을 바꿔 입어. 해가 진 다음에도 내 눈에 보이면 가만 안 둘 테니.
백작부인 이 녀석도 지루해서 그랬겠죠.
세뤼뱅 제가 지루하다고요? 저는 백 년간 감옥에 있어도 좋을 만한 행복을 이마에 가지고 있습니다. (모자를 쓰고 급히 퇴장)

8장

백작, 백작부인은 말없이 부채질만 한다.

백작 그 자식 이마가 어떻기에 그렇게 행복하단 말이야?

백작부인 (당황하며) 아마 장교의 모자 때문이겠죠. 어린애들은 모든 것을 다 장난감으로 보니까. (나가려 한다)

백작 잠깐만 더 있어요.

백작부인 몸이 좀 불편해서요.

백작 잠깐만 더 있어요. 당신을 좋아하는 신부를 위해서. 그렇지 않으면 당신이 성난 줄 알 테니까.

백작부인 결혼식이 둘이나 있군요. 그들을 맞이하기 위해서 여기 더 앉아 있죠.

백작 (방백) 결혼이라. 할 수 없을 땐 참아야지.

백작은 부인과 함께 주방 한쪽에 앉는다.

9장

백작과 백작부인, 둘이 앉아 있다. 스페인풍의 가장 무도 행진곡이 울려 퍼진다. 총을 어깨에 멘 경찰, 재판관, 브리두아종, 예복 입은 남녀 백성, 흰 털 달린 혼례관을 받든 두 젊은 여자, 장갑 끼고 양쪽에서 꽃다발을 바치는 소녀, 안토니오(피가로에게 수잔느를 결혼시킬 역을 맡고 그녀에게 손을 주고 있다), 전과 마찬가지의 혼례관 등을 가진(마르셀린느의 것이다) 다른 소녀들, 피가로는 마르셀린느의 손을 잡고 그것을 바르톨로에게 넘기는 역할을 한다. 바르톨로는 큰 꽃다발을 가지고 걷는다. 소녀들이 백작 앞에 나가 수잔느와 마르셀린느를 위해서 모든 준비를 시종에게 양도한다. 남녀 백성, 살롱 양쪽에 두 줄로 서고 캐스터네츠에 맞추어 스페인 춤을 세 번 춘다. 다음에 전주곡이 울린다. 그 사이 안토니오는 수잔느를 백작에게 인도한다. 그녀는 백작 앞에 무릎을 꿇는다. 백작이 그녀에게 혼례관을 주는 동안 두 소녀는 이중창을 한다.

"신부여 그릇된 마음을 버리고 그대의 행복과 번영을 노래하라. 쾌락을 버리고 거룩하고 순결한 손을 남편에게 바치라."

수잔느는 무릎을 꿇고 합창의 마지막 노래가 들려오는 동안 백작의 망토 소매를 잡아당기며 편지를 보인다. 그리고 그녀는 그 손을 머리로 가져간다. 백작은 혼례용 모자를 고치는 시늉을 한다. 그녀는 그에게 편지를 전한다. 백작은 그 편지를 호주머니에 넣는다. 노래가 끝나서 신부는 일어선다. 백작에게 인사한다. 피가로는 백작에게서 그녀를 데려다 살롱 구석 쪽의 마르셀린느에게 간다. 그동안 사람들은 스페인 춤을 한 번 춘다. 백작은 편지를 받기 무섭게 무대 구석에 가서 종이를 꺼낸다. 그때 손가락이 찔린 시늉을 한다. 그는 그 손을 흔들며 다른 손으로 누르고 입으로 빤다. 그리고 핀으로 꽂힌 편지를 본 다음 말한다. 피가로에게 이야기하는 동안 오케스트라 소리가 약해진다.

백작 여자란 할 수 없어. 어디에나 핀을 쓴단 말이야. (핀을 마루에

던지고 편지를 읽고 거기에 입맞춘다)

피가로 (그것을 보고 어머니와 수잔느에게 말한다) 아마 지나가던 어떤 아가씨의 연애 편지를 넣었나 보지? 핀으로 꼭 찔러 봉했나 봐.

  댄스가 시작된다. 백작은 다 읽고 편지는 접는다. 그때 답장을 달라는 구절을 읽는다. 마룻바닥에서 핀을 찾아 그것을 소매에 꽂는다.

피가로 (수잔느와 마르셀린느에게) 연인의 물건은 다 중요한 거지. 저것 보게, 핀을 다시 주웠잖아? 사랑이란 이상한 것.

  그동안 수잔느는 백작부인에게 신호한다. 댄스는 끝나고 이중창 전주곡이 시작된다. 피가로는 수잔느처럼 마르셀린느를 백작 앞으로 데리고 간다. 백작이 혼례용 모자를 벗고 이중창이 시작되는 순간 소리가 나서 중단한다.

집행인 (입구에서 외친다) 글쎄, 다 들어갈 수 없다니까. 문지기들, 빨리 이리 와.

  문지기들 입구로 달려간다.

백작 (일어나며) 웬일이지?
집행인 나리, 바질르가 동네 사람들에 둘러싸여서 꼼짝을 못하고 있습니다. 음악을 하며 걸으니까요.

백작 들어오라 그래.

백작부인 저는 물러갑니다.

백작 수고했소.

백작부인 수잔느! 다시 오겠어. (방백, 수잔느에게) 옷을 바꿔 입어야지. (수잔느와 퇴장)

마르셀린느 훼방꾼이 또 왔는데…….

피가로 내가 다 처리할게요.

10장

　백작부인과 수잔느를 제외하고는 앞 장면과 같은 등장인물. 그리프 솔레유, 바질르가 기타를 들고 연가조의 노래를 부르며 들어온다.

바질르 다감하고 성실한 사람이여
　천박한 사랑을 비난하는 그 사람은
　잔인한 탄식은 하지 말지어다
　변덕이 그 무슨 죄인가
　사랑에 날개가 있다면
　그것은 날기 위한 것이로다.
　그것은 날기 위한 것이로다.

그것은 날기 위한 것이로다.

피가로 (그에게 다가오며) 그럼요, 사랑에 날개가 있는 건 날기 위한 거죠. 왜 그런 음악을 합니까?

바질르 (그리프 솔레유를 가리키며) 나리 명으로 손님인 이분을 위로할 역할을 다했으니까 이번엔 내가 재판을 받고 싶어서 왔습니다.

그리프 솔레유 뭐요? 나리, 그는 저를 하나도 위로해주지 않았어요. 쓸데없는 노래만 부르고.

백작 바질르! 너는 무엇이 또 필요하냐?

바질르 네, 마르셀린느로 말하면 제 것이 틀림없으니 이 결혼에 이의(異議)가 있어서 그럽니다.

피가로 (가까이 가며) 오랫동안 미친놈 얼굴을 못 봤나요?

바질르 지금 보고 있는데…….

피가로 내 눈이 당신의 거울이 될 테니 내 예언이 맞나 안 맞나 맞혀보쇼. 당신 얼굴이 조금이라도 부인 가까이 가면……..

바르톨로 (웃으며) 말해봐!

브리두아종 (그 사이에 들어가며) 둘 다 같은 친구들이군.

피가로 친구라니?

바질르 천만에.

피가로 (빨리) 쓸데없는 곡을 작곡해 가지고.

바질르 (빨리) 엉터리 문인이.

피가로 (빨리) 엉터리 음악가가.

바질르 (빨리) 엉터리 문인이.

피가로 (빨리) 바람꾼이.

바질르 (빨리) 건달 같은 놈이.

백작 (앉아서) 그건 둘 다 실례야.

바질르 언제나 제 운이 나쁘군요.

피가로 그렇고말고.

바질르 여기서는 전부 나를 바보로 알지.

피가로 나를 메아리로 알았나?

바질르 녀석은 내가 가르쳐주지 않았으면 노래도 못 부를 주제에……

피가로 방해하지만 않았으면.

바질르 또 흉내를 내.

피가로 당신 말이 옳다면 흉내내면 어때. 당신은 남이 비위를 맞춰주기만 바라지만 대단한 귀족이라도 되나요. 거짓말을 해도 돈은 안 생길 테니, 참말을 들어봐요. 그런 말을 듣기 싫어하면서 왜 남의 결혼을 방해하려 드는 거야?

바질르 (마르셀린느에게) 당신은 4년 동안 남편을 정하지 않으면 나와 같이 살기로 약속치 않았나? 응? 어때?

마르셀린느 그때 내가 어떤 조건을 내놨지?

바질르 자식을 만났을 경우엔 기꺼이 양자로 삼기로 했지.

일동 자식을 찾지 않았나?

바질르 그건 상관없지.

일동 (피가로를 가리키며) 그 아들이 여기 있잖아?

143

바질르 (놀라서 물러서며) 이 녀석이?

브리두아종 (바질르에게) 그러니 자네는 이 여자와 결혼하는 것은 단념하는 것이 좋겠어.

바질르 이런 나쁜 놈의 아비가 되고 싶진 않아.

피가로 나도 당신 같은 사람의 아들이 되고 싶지 않아.

바질르 (피가로를 가리키며) 그렇다면 나는 여기 더 있을 필요가 없지. (퇴장한다)

11장

바질르를 제외하고 앞 장과 같은 인물.

바르톨로 (웃으며) 하하!

피가로 (기뻐서 뛰며) 아, 이젠 결혼하게 되겠군.

백작 (방백) 나도 정부가 하나 생겼다.

브리두아종 (마르셀린느에게) 만사가 다 잘 됐군.

백작 자, 계약서를 둘 다 가져오게, 내가 서명할 테니.

일동 만세!

백작 나는 한 시간만 쉬었다 오겠어. (일동과 함께 나가려 한다)

12장

　　　그리프 솔레유, 마르셀린느, 백작, 피가로.

그리프 솔레유　(피가로에게) 저는 분부대로 마로니에나무 밑에다 불꽃을 피워놓을 준비를 할까요?

백작　(급히 돌아오며) 어느 병신이 그 따위 소릴 해.

피가로　뭐가 잘못됐나요?

백작　(다가오며) 마님은 몸이 불편해서 불꽃을 볼 수 없단 말이야. 불꽃은 마님 방 맞은편 동산에다가 피워.

피가로　그리프 솔레유, 알겠지? 동산에 피워줘.

백작　마로니에나무 밑이라니! 망할 녀석! (방백) 남의 밀회 장소에 불을 밝히려고.

13장

　　　피가로, 마르셀린느.

피가로　나리께서 끔찍이 마님을 생각하시는데. (퇴장하려 한다)

마르셀린느　(그를 붙잡으며) 조금 할 말이 있다, 애야. 네게 알려줄 것이 있다. 나는 귀여운 네 수잔느가 어딘지 부정한 데가 있는 것

같다. 바질르가 그녀는 늘 백작을 거절해왔다고 하지만 백작과 뜻이 잘 맞는 것 같더라.

피가로 어머니는 수잔느를 잘 몰라서 그래요. 제가 그런 여자들의 충동에 말려들어갈 거라고 생각하세요? 날 속이려는 교활한 여자라도 전 다 알아볼 수 있어요.

마르셀린느 그렇게 생각하고 있다니 다행한 일이군. 질투란…….

피가로 질투란 거만의 어리석은 소산이나 그렇지 않으면 미친놈의 병이죠. 난 거기에 대한 뚜렷한 신념을 가지고 있어요. 수잔느가 언제고 나를 배신할 거라면 미리 용서해주죠. 그리고 오랜 후에……. (팡세트가 무엇을 찾고 있는 것을 돌아다본다)

14장

피가로, 팡세트, 마르셀린느.

피가로 어? 사촌 처제가 엿듣고 있군!

팡세트 오! 아녜요. 그런 비겁한 짓을…….

피가로 그래? 하지만 남의 말을 엿듣는다는 것이 때로는 유용할 때도 있어.

팡세트 난 누가 여기 있는가 보러 왔어요.

피가로 이런, 또 속이는군. 그 녀석이 여기 없는 걸 알면서.

팡세트   누가 말이에요?

피가로   세뤼벵.

팡세트   아니에요. 그 사람이 어디 있는 줄은 아는데요. 나는 수잔느를 찾는 거예요.

피가로   무슨 일로?

팡세트   말해도 괜찮겠죠. 그 핀을 언니에게 돌려주려고요.

피가로   핀이라니? 누가 부탁했지? 그 나이에 앞잡이 노릇을 하다니. (갑자기 말을 부드럽게 하며) 어린 나이에 제법 멋진 일을 하고, 신통하구나. 게다가 친절하고……

팡세트   그럼 아까는 누구한테 화를 낸 거죠? 갈 거예요.

피가로   (그를 멈추며) 아냐 농담이야. 네가 가진 핀은 나리가 수잔느에게 돌려주라고 부탁한 거지? 나리가 갖고 있던 조그만 종잇조각을 봉하는 데 쓴 것 말이야. 내 말이 맞지?

팡세트   알면서 왜 묻죠?

피가로   (눈치를 보며) 나리가 너에게 그 일을 부탁할 때 뭐라고 하셨니?

팡세트   (순진하게) 그냥 이렇게 말씀하셨어요. 자, 팡세트야, 이 핀을 너의 사촌 언니 수잔느에게 갖다 주어라. 마로니에 핀이라고 하면 알 테니까.

피가로   마로니에 핀!

팡세트   그래요, 마로니에 핀이죠. 게다가 아무도 모르게 하라고 하셨어요.

피가로 팡세트, 나리 말씀대로 아무도 보지 않아서 다행이구나. 나리가 너에게 부탁한 말 이외는 수잔느에겐 하지 마라.

팡세트 그밖에 할 달도 없죠. 나리는 나를 어린애 취급해서 자세한 말은 안 하니까요. (뛰어간다)

15장

　　　피가로, 마르셀린느.

피가로 어머니!

마르셀린느 말해봐라, 애야.

피가로 (숨 막힌 듯) 이건 분명히 무슨 곡절이 있어요.

마르셀린느 곡절이라니? 어떤?

피가로 (가슴에 손을 대고) 지금 들은 얘기가, 어머니, 납처럼 가슴에 꽉 박혔어요.

마르셀린느 (웃으며) 아깐 그렇게 자신만만하던 네 가슴이 지금은 풍선처럼 부풀었구나? 그래서 핀 하나로 터지는군!

피가로 (미친 듯) 어머니, 그 핀은 아까 나리가 주운 그 핀이 틀림없어요.

마르셀린느 (피가로가 했던 말을 되풀이한다) 아, 질투란, 어머니, 난 거기에 대한 뚜렷한 신념을 가지고 있죠. 수잔느가 언제고 나를 배반한다면 미리 용서해주죠!

피가로   (격렬하게) 오, 어머니, 사람은 그때그때 느낀 걸 말하는 법이죠. 제아무리 얼음과 같이 냉담한 재판관도 자기에 관한 사건을 변호할 때에 법률을 어떻게 해석하는가 말예요! 그 때문에 내가 아무리 흥분해도 이상할 게 없어요. 멋진 핀을 장식한 예쁜 수잔느가 마로니에나무에 있다 해도 혼자 있는 것은 아니죠. 나의 노여움을 정당화하려고 이 결혼을 한다면 난 다른 여자와 결혼하고 그녀를 버릴 수밖에 없죠.

마르셀린느   잘 한다! 한 가지 의심 때문에 모든 걸 다 망쳐버리다니! 수잔느가 골탕 먹이려 하는 것이 백작이 아니고 너라고 어떻게 말할 수 있냐? 시비를 가리지도 않고 수잔느를 부정하게 보다니, 수잔느가 마로니에나무 밑으로 가더라도 그애가 왜 그러는지 너는 그 이유를 모르잖니? 거기서 무슨 말을 하고 무슨 짓을 할지는 모르는 것 아니냐. 나는 네가 좀 더 똑똑한 줄 알았는데……

피가로   (열정적으로 어머니 손에 입맞추며) 정말 수잔느가 옳을지도 몰라요, 언제나 수잔느는 옳으니까요. 하지만 어머니, 어떤 일을 있는 그대로 본다는 건 나도 찬성이에요. 그 후에는 비난하거나 달리 행동해야 되겠죠. 나는 어디서 만나는지 잘 알고 있어요. 어머니, 나가보겠어요. (나간다)

16장

마르셀린느   (혼자) 갔다오너라. 애야, 나도 안다. 저애를 붙잡아 두고 수잔느의 행동을 살펴봐야지. 아니 그보다는 수잔느에게 알려줘야지. 참 수잔느는 귀여운 색시야. 서로 자기 몸을 아끼고 속썩이는 일을 제하면 여자란 연약한 것이며 힘을 합해서 그 거만하고 무서운……. (웃으며) 그렇지만 좀 바보 같은 남자들에게 여자가 어떤 것인지 보여줘야지.

5막

　무대는 정원에 있는 마로니에 숲. 두 개의 정자가 오른쪽과 왼쪽에 있다. 무대 안쪽엔 가꾸어진 공터, 조그만 예배당이 멀리 보이고 무대 앞쪽에는 잔디. 무대는 컴컴하다.

1장

팡세트. 한 손에 비스킷 두 개와 오렌지 한 개를 들고 다른 손엔 불 켠 호롱을 들고 있다.

팡세트 왼쪽 정자라고 그랬지? 여기군, 그런데 지금 오지 않으면 내 역할은……. 정말이지 식당 사람들은 인색하단 말이야. 겨우 오렌지 한 개와 비스킷 두 개밖에 안 주다니.
"아가씨, 누굴 주려는 거지?"
"좋은 분에게 주지요."
"오, 알겠어."
나리는 그를 보는 것도 싫어하니 그러다간 그는 굶어 죽겠어. 하지만 이렇게 공손히 바치면 뺨에 입맞춰줄 거야……. (피가로가 오는 것을 보고 소리친다)

2장

큰 망토를 어깨에 걸고 큰 모자를 쓴 피가로, 바질르, 안토니오, 바르톨로, 브리두아종, 그리프 솔레유, 하인들과 일꾼들.
뒤에 선 녀석들을 훑어보며 퉁명스럽게 말한다.

피가로 (혼자) 팡세트로군! (모두에게) 안녕하십니까. 여러분, 다들 오셨소?

바질르 당신이 빨리 오라 해서 다 왔지.

피가로 몇 시쯤 됐죠?

안토니오 (하늘을 보며) 달이 뜰 시간이 됐나 본데.

바르톨로 자네 얼굴에 수심이 차 있군. 무슨 음모라도 하려는 것 같은데…….

피가로 (동요되며) 당신네들이 성에 모인 것은 결혼을 축하하려는 것이죠?

브리두아종 무, 물론이지.

안토니오 우리는 저쪽 정원에서 자네의 축하 잔치가 시작되길 기다리고 있었어.

피가로 그러면 여러분 멀리들 가지 마시고 이 마로니에나무 밑에서 나의 정직한 신부와 그 여자를 내게 주신 훌륭하신 나리를 우리 모두 축복합시다.

바질르 (낮의 일을 생각하며) 야, 그래 알았어. 여러분, 우린 물러갑시다. 여기서 밀회가 있을 테니. 난 알고 있으니 저기 가서 얘기해드리죠!

브리두아종 (피가로에게) 그럼 이따가 오, 오겠네.

피가로 내가 부르는 소리 들으면 뛰어오세요. 틀림없이 멋진 장면을 보여드리겠어요.

바르톨로 현명한 인간이라면 신분 높은 사람을 거슬러서는 안 돼요.

피가로 알고 있어요.

바르톨로 신분 높은 사람은 우리를 억압할 수 있으니까.

피가로 똑똑치 못하면서도 말이죠? 당신도 알다시피 한 번 겁쟁이로 인정받으면 모든 나쁜 놈들에게 평생 멸시받게 마련이죠.

바르톨로 그야 물론이지.

피가로 그리고 나도 어머니에게서 받은 베르트알뤼르라는 훌륭한 가문이 있는데! 함부로 멸시당할 수야 있나.

바르톨로 몸에 귀신이 붙었군.

브리두아종 그, 그렇지.

바질르 (방백) 백작과 수잔느는 내게 상의하지 않고 밀회를 하는군. 함정에 빠져도 내 알 바 아니지.

피가로 (시종들에게) 너희들도 내가 말한 대로 이 부근을 등잔불로 밝혀두어라. 그렇지 않을 때엔, 닥치는 대로 붙잡아 물어뜯어 죽이고 말겠다……. (그리프 솔레유의 팔을 잡고 흔든다)

그리프 솔레유 (울며 소리친다) 아아, 이 사나운 사람!

바질르 (사라지며) 새신랑, 하늘이 당신에게 기쁨을 주기를!

3장

피가로 (독백, 어둠 속을 걸으며 우울하게) 오, 여자, 여자, 여자, 연약하고도 믿을 수 없는 것! 세상에 모든 피조물은 자기 본능을 어쩌지 못하는 거지만 여자의 본능이란 남을 속이는 것인가. 마님 앞에서 내가 부탁할 때는 그렇게 반대를 하더니 그 혓바닥에 침이 마르기도 전에 결혼식 중에 그럴듯하게 둘러치다니……. 빌어먹을 백작놈, 편질 읽으면서 웃고 있었겠다? 내가 바보야. 아니 백작 당신이 수잔느를 가질 순 없어. 안 되지. 당신이 성주라 해서 그럴 자격은 없어. 귀족, 재산, 지위, 신분, 그런 것이 당신을 자만하게 만들었지. 그것을 얻으려고 당신은 무엇을 했단 말이오. 세상에 태어나려고 당신 어머니 배만 아프게 했고 나와서 운 것밖에 더 있소? 그 외에는 아무것도 아니지. 반면 나로 말하면 제기랄, 태어나기가 무섭게 쓴맛 단맛 다 보고 목숨을 연명하려고 왕이 스페인을 백년 동안 다스리는 것 이상의 재주를 부려야 했지. 그런 나와 당신이 겨루겠다고? 아, 누가 온다. 그년가? 아니로구나. 아, 밤이 깊구나. 남편이란 어리석은 직업도, 비록 결혼은 반밖에 안 했지만 하기 어렵도다. (벤치에 앉으며) 내 운명보다 더 기이한 것이 있을까? 아비도 모르고 태어나 불량배에게 도둑맞고 그놈들 소굴에서 자라다가 거기서 도망나와 정직하게 살려니 도처에서 밀어젖히고! 화학, 약학, 수술학을 다 배운 내가 어떤 나라에게 인정을 받은 것이 겨우 수의(獸醫) 자격, 병든 짐승을 울리기 싫어 방향을 바꿔 깊이 생각지 않고 연극을 한 것이 목에다 돌을 맨 꼴이 됐지. 나는 터키 궁전의 풍습을 쓴 희극을 만들어 스페인의 어엿한 작가로서 마호메트를 취급한 것까지는 좋았으나 갑자기 생판 알지도 못하는 놈이 나타나 나의 연극은 터키, 페르시아, 인도와 이집트, 바르카, 트리폴, 튀니지, 알제리, 모로코 등 여러 왕을 모욕했다고 야단하여 마호메트의 아첨꾼 놈들에게 골탕을 먹었지. 하지만 그놈들 중에 글을 제대로 읽을 수 있는 놈이 누가 있단 말인가? 그러면서도 나를 보면 개 같은 예수쟁이라고 불렀지. 내 천재적 재질을 당해내지 못하니까 멸시로, 불순한 거지. 집달리가 무서운 가발을 뒤집어쓰고 나에게 왔을 때 나는 떨면서도 용기를 내었지. 당시 세상에선 부(富)에 대한 논의가 분분했는데 여기서 문제된 것이 부의 본질에 대한 것, 재산을 많이 갖는 게 필요하지는 않았기 때문에 동전 한 푼 없는 나로서는 우선 화폐의 가치와 그 이유에 관해 글을 썼지. 그러자 바스티유의 성문이 열리겠지. 난 그 앞에서 희망과 자유를 포기해야 했지. (일어나며) 욕을 먹거나 자존심이 상하면 금방 남을 괴롭히는 사흘 천하의 어느 성주라도 맞서서 나는 직접 말할 테다. "글로 쓴 욕설이란 별로 대수롭지 않은 것이니 조소할 자유가 없다면 아첨꾼 노릇도 재미없을 거라고."

하지만 세상에는 남의 글을 두려워하는 놈들뿐이야. (다시 앉는다) 결국 보잘것없는 걸인을 먹여 살리는 데 지친 그놈들은 날거리로 내쫓았고 인간이란 밥을 못 먹어보면 비록 감옥에 있지 않다 해도 자유가 없으니 나는 또 글을 써서 밥벌이를 하려고 세상 사람들에게 문젯거리나 물어보면서 무위도식의 생활을 보내는 동안 마드리드 시에는 생산품 판매의 자유 제도가 생겨,

인쇄물에도 그 혜택을 입어 나는 정치, 종교, 도덕, 고관에 대한 얘기, 연극 감상문을 썼지. 그때는 위대한 사람을 글로 쓰지만 않으면 검찰관 2~3인의 검열만으로 출판 자유가 되었으니까. 이러한 자유의 혜택을 이용하여 나는 아무에게도 도움도 이익도 되지 않는 〈불필요한 신문〉이라는 정기 간행물을 냈지. 한데 의외로 나에게 공격의 화살이 쏟아져 나는 또 직장을 잃었지. 절망에 사로잡혔을 때 한 인정 많은 사람을 만났는데 불행히도 나는 그 사람에게는 지나치게 적임자였어. 거기에는 재산이 필요했고 그러려면 춤을 춰야 했으니까. 나는 도둑질하는 수밖에 없었지. 나는 파라오의 은행가들에게서 재산의 4분의3을 등쳐먹고 유명해졌지. 그대로 나가면 나도 출세는 목전에 있었지.

돈 벌려면 지식보다는 처세술이 낫다는 것을 알게 됐지. 한데 주위에 있는 놈들이 모두 훔치니 정직하게만 살 수도 없고 요컨대 세상과 인연을 끊고 나와 인간 사이에 놓인 강의 흐름을 거슬러 올라가려 할 때 자비로운 신이 나를 다시 불렀지. 나는 나의 일주머니와 가죽 주머니를 들고 무위도식한 인간을 뒤에 놓고 모욕도 소문도 다 집어던져버리고 동네에서 동네로 면도질을 하러 다니게 됐지.

그래 한참 편해졌는데 지금의 나리가 세비야를 지나다가 날 알게 됐지. 나리는 날 인정해주고 난 그를 마님과 결혼시켰는데, 그 대가로 나를 수잔느와 결혼시킨다 해놓고서 내 수잔느를 훔치겠다

하니 파란곡절 이럴 수가……. 하마터면 간계에 빠져 내 어머니와 결혼할 뻔했다가 양친을 만나고 (흥분하며 일어나서) 칠전팔기 도대체 이런 게 모두 누구의 죄란 말인가. (다시 앉으며) 난 왜 이렇게 재수가 없을까. 무슨 놈의 인과가 나에겐 이 따위야. 도대체 왜 내 팔자는 이런 일만 벌어지고 가끔 다른 일이 벌어지면 어떻단 말인가. 어느 신이 나에게 이런 괴로움을 준 것일까?

내가 원치 않았는데 태어나듯 내가 원치 않는 곳에서 이리 뛰고 저리 뛰며 땀을 흘리고 타고난 쾌활한 성격을 거기다 쏟고 다니다니. 그렇다고 딴 놈보다 더 쾌활하지도 않은데, 도대체 내가 뭔지 모르겠군. 나는 알 수 없는 부분품의 모임이며 숙맥처럼 떠돌아다니는 짐승 새끼, 쾌락을 쫓는 젊은 놈, 온갖 재미는 다 보는 놈이지.

살려고 안 하는 일이 없고 여기서는 주인을, 저기서는 종을 조정하고 헛된 야심과 필요에 의한 노동을 하면서, 하지만 게으를 땐 말할 수 없이 게으르고, 위험할 땐 웅변가도 되고, 피로를 풀어주려 시인이 되며, 때로는 음악가도 되고, 미친바람이 불면 생명을 돌보지 않고 사랑을 하지. 산전수전 다 겪고 내 희망은 좌절되어 꿈을 깨고 보니 너무나 삭막하구나.

수잔느, 수잔느, 수잔느, 넌 왜 이다지도 날 괴롭히느냐. 아, 발소리가 들리는군. 누가 오나 보다. 이러고 있을 때가 아니지. (오른쪽 무대로 사라진다)

4장

　　피가로, 백작부인(수잔느의 옷을 입고), 마르셀린느, 수잔느(백작부인 옷을 입고).

수잔느　(낮게 백작부인에게) 그러니까 피가로가 이리 온다는 말이죠?
마르셀린느　벌써 와 있을지 몰라, 소리를 낮춰요.
수잔느　그러면 피가로는 내 말을 엿듣게 되고 백작은 나를 만나러 오겠군요.
마르셀린느　나는 저 정자에 숨어서 한마디도 안 빼놓고 다 들어봐야지. (팡세트가 있는 정자로 들어간다)

5장

　　피가로, 백작부인, 수잔느.

수잔느　(큰 소리로) 마님, 떠시는군요. 추우신가요?
백작부인　(큰 소리로) 오늘 밤은 습기가 있으니 돌아가야겠어.
수잔느　마님, 제가 안 돌봐드려도 좋으시다면 전 이 나무 밑에서 바람이나 쏘이겠어요.
백작부인　(큰 소리로) 밤이슬을 맞을라.

수잔느 (큰 소리로) 괜찮아요. 준비가 다 됐어요.
피가로 (방백) 오, 밤이슬, 그렇지.

　　　수잔느, 피가로와 반대 방향으로 간다.

6장

　　　피가로, 세뤼벵, 백작, 백작부인, 수잔느. 피가로와 수잔느는 무대 앞 양쪽으로 물러가 있다.

세뤼벵 (장교 복장으로 유쾌하게 연가를 부르며 온다) 라, 라, 라, 난 항상 존경하는 대모가 있도다.
백작부인 (방백) 세뤼벵이군!
세뤼벵 (멈추며) 여기는 모두가 산책하는 곳이로군. 팡세트가 숨어 있는 곳으로 가봐야지. 응? 여자가 있네?
백작부인 (듣고) 아, 맙소사?
세뤼벵 (멀리 그녀를 보고 몸을 웅크린다) 하, 내가 잘못 보는 것일까? 껌껌한데 멀리서 보이는 모자를 보니 수잔느 같군.
백작부인 (방백) 백작이 오면 어떻게 하지?

　　　백작이 무대 속에서 나타난다.

세뤼벵 (백작부인에게 가까이 가서 뿌리치는 백작부인의 손을 잡으려 한다) 아, 수잔느, 참 예쁘군. 보드라운 이 손이 그 증거지. 아, 잡기만 해도 몸이 떨리는데 왜 이리 가슴이 두근거릴까? (부인의 손을 자기 심장에 가져가려 한다. 그녀는 뿌리친다)

백작부인 (낮은 소리로) 저리 가!

세뤼벵 이 정원까지 이처럼 방문해주다니 인정이 많군. 아까부터 나는 숨어 있었지.

백작부인 피가로가 올 거야.

백작 (다가오며, 방백) 아, 저기 있는 게 수잔느인가 보군.

세뤼벵 (백작부인에게) 난 피가로는 무섭지 않아. 당신이 기다리는 건 피가로가 아니지?

백작부인 그럼 누구야.

백작 (방백) 누가 같이 있군.

세뤼벵 거짓말쟁이! 당신이 기다리는 사람은 나리지. 오늘 아침 내가 의자 밑에 숨어 있을 때 당신에게 그렇게 하라고 말씀하시지 않았어.

백작 (화나서 방백) 저 빌어먹을 세뤼벵 녀석이군.

피가로 (방백) 들어선 안 될 소리란 이걸 두고 하는 소리군.

수잔느 (방백) 세뤼벵 놈, 말이 너무 많은데.

백작부인 (세뤼벵에게) 저쪽으로 가줘.

세뤼벵 그럼 그 대가는 꼭 있어야 돼.

백작부인 (놀라서) 무슨 대가 말이야?

세뤼벵 (강렬하게) 우선 그대에게 나리를 걸고 스무 번, 마님을 걸고 백 번 입을 맞추게 해줘.

백작부인 그럴 용기가 있어?

세뤼벵 하고말고. 당신은 나리 곁에서 마님을 대신하고 나는 당신 곁에서 나리를 대신하고 억울한 것은 피가로지.

피가로 (방백) 저 개자식이.

수잔느 (방백) 정말 대담한 녀석이야.

세뤼벵은 부인에게 입맞추려 한다. 그 사이로 백작이 얼굴을 내밀고 입을 맞춘다.

백작부인 (물러서며) 아, 맙소사.

피가로 (방백, 입맞추는 소릴 들으며) 기분 잘 맞추어주는 부인을 맞이했군. (귀를 기울인다)

세뤼벵 (백작의 옷을 뒤지며 방백) 아, 나리.(팡세트와 마르셀린느가 들어가 있는 정자르 도망친다)

7장

피가로, 백작, 백작부인, 수잔느.

피가로 (다가서며) 저런…….

백작 (세뤼벵에게 말하는 것처럼) 더는 맞추지 않으려면. (뺨을 친다)

피가로 (가까이 갔다가 뺨을 맞으며) 아.

백작 이것이 첫 번째 보복이다.

피가로 (방백, 뺨을 비비며 물러선다) 엿듣는 것도 좋은 일은 아니군.

수잔느 (반대쪽에서 큰 소리로 웃으며) 하하하…….

백작 (수잔느라고 생각하고 백작부인에게) 그 세뤼벵 녀석, 나쁜 녀석, 뺨을 맞고서도 큰 소리로 웃다니!

피가로 (방백) 따귀쯤으로 그놈을 괴롭힐 순 없지.

백작 웬일이야! 어두워서 쫓아가질 못하겠군……. (백작부인을 계속 수잔느로 알고) 하지만 그런 일은 아무래도 좋아. 모처럼 여기서 너와 만나는 데 방해가 되니까.

백작부인 (수잔느의 소리를 흉내내며) 저를 만나고 싶으셨어요?

백작 네 편지를 보고 말이야. (손을 잡는다) 너 떠는구나.

백작부인 무서워요.

백작 내가 새치기로 입맞춘 건 너에게 입맞춤을 금하려고가 아니야. (이마에 입맞춘다)

백작부인 싫어요!

피가로 (방백) 몹쓸 년.

수잔느 (방백) 멋진데.

백작 (부인의 손을 잡고) 네 살결은 왜 이렇게 고울까. 로진느도 이렇게 살결이 고우면 얼마나 좋을까.

백작부인   (방백) 지독한 편견이군!

백작   이처럼 포동포동한 팔에다가! 귀엽고도 우아한 손가락을 누가 또 가지고 있을까?

백작부인   (수잔느의 목소리로) 이것이 사랑이라는 것이겠지요.

백작   사랑? 이 마음의 로망스, 쾌락이란 사랑의 이야기. 나는 사랑에 끌려 그대의 무릎 앞에 왔느니라.

백작부인   마님은 이젠 사랑하지 않으세요?

백작   사랑하지. 하지만 3년을 같이 살다 보니 지쳤어.

백작부인   마님은 무엇이 부족한가요?

백작   (그녀를 쓰다듬으며) 내가 너에게서 볼 수 있는 그런 것이 없지. 내가 좋아하는 건…… 그건.

백작부인   말씀해보세요.

백작   뭐라고 할까. 좀 더 개성적이고 탄력이 있고 무엇인가 매력이 있고 때로는 거절하는 그런 맛이라고나 할까. 여자란 남자를 사랑하기만 하면 자기 할 일을 다 한 줄 알고 남자들에게 무엇이나 다 해주니까 진력이 나지. 물론 여자가 남자를 사랑하고 남자가 여잘 좋아하는 것은 당연해. 하지만 언제나 네네 복종하고 끊임없는 친절과 긴장만 가지고는 행복을 맛볼 수가 없게 돼. 금시에 권태를 느끼지.

백작부인   (방백) 좋은 교훈이군요.

백작   사실 수잔느, 나는 항상 생각하지만 부인 있는 남자가 쾌락을 쫓아가는 것은 부인들이 남자의 마음을 잘 지탱하고 사랑을 새롭게 하며 언제나 불꽃을 일으키고 여자의 천성적인 아름다움을 묘하게 변화시킬 줄 모르기 때문이야.

백작부인 (기분이 상해서) 그럼 여자가 나쁘군요.

백작 (웃으며) 남자는 잘못이 없느냐고? 천성을 바꿔야 하지만 남자의 천성이란 여자를 손에 넣는 데 있는 거지.

백작부인 여자의 일은?

백작 남자를 잡는 데 있지. 그걸 잘 잊어버리거든.

백작부인 그것은 저의 일은 아니겠지요.

백작 나의 일도 아니야.

피가로 (방백) 나의 일도 아니지.

수잔느 (방백) 나의 일도 아니지.

백작 (부인의 손을 잡고) 여긴 메아리가 치는군. 더 조그만 소리로 이야기하자고. 넌 걱정할 필요가 없어. 여기서 이렇게 생각하고 아름다운 사랑이 빚어지니! 약간의 사랑스런 변덕 때문에 너는 아주 매혹적인 정부가 되는 거야. (이마에 입맞춘다) 수잔느, 스페인 사람은 두 번 말 안 한다. 여기에 돈이 있다. 이건 권리가 없는 내게 즐거운 한때를 제공해준 그 대가로 네게 주는 거다. 이처럼 응해준 너의 인정엔 정말 인간적인 가치가 있으니 네게 이 보석도 줄 테다. 나와의 사랑을 위해 몸에 달고 다녀라.

백작부인 (인사하며) 기꺼이 받아두겠어요.

피가로 (방백) 아주 개 같은 계집이군.

수잔느 (방백) 또 재산이 늘어났군.

백작　(방백) 하, 그녀가 돈에 녹았군. 다행인데.

백작부인　(무대 안쪽을 보며) 불꽃을 피우네요.

백작　너의 혼례 준비를 하고 있지. 그들이 지나가는 동안 잠깐 정자 안에 들어가 있을까?

백작부인　정자엔 불도 안 켜졌는데요?

백작　(그녀를 가만히 잡아당기며) 불이 무슨 소용 있어. 독서를 하나?

피가로　(방백) 저 계집 또 따라가네. 내 이럴 줄 알았지. (앞으로 나간다)

백작　(뒤를 돌아보며 큰 소리로) 여길 지나가는 게 누구야?

피가로　(화내며) 지나가다니요, 급히 오는 길입니다.

백작　(낮은 소리로) 피가로야. (도망친다)

백작부인　나도 당신과 같이 가겠어요.

　　백작부인은 오른쪽 정자로 들어간다. 그 사이 백작은 나무 사이로 들어간다.

8장

　　피가로, 수잔느. (어둠 속에서)

피가로   (백작부인을 그는 수잔느로 생각하고 찾으며) 아이고, 안 들리는군. 둘이 들어갔구나. 끝났군. (목소리를 바꿔서) 머저리 남편들이여, 돈 내고 탐정을 길러서 몇 달 동안 의심 속에 사로잡혀 빙빙 돌다가 확신도 얻지 못하는 여러분, 왜 나를 본뜨지 않으시나요. 결혼한 첫날밤 내 신부가 저 꼴이라니 의심할 여지도 없다. 어떻게 해야 할지 알겠다. (빨리 걸으며) 다행히 나에겐 다른 걱정도 없으니 그녀의 배반도 더는 괴롭지 않다. 그들을 찾아내고야 말 테다.

수잔느   (어둠 속을 가만히 걸어와서, 방백) 그대의 아름다운 회의에 보상이 따를 거야. (백작부인의 목소리로) 누구지?

피가로   (놀라서) 누구냐고? 그 악한들이 천벌받기를 성심껏 바라는 녀석이다.

수잔느   (백작부인의 목소리로) 피가로군.

피가로   (바라보며 금방) 마님이십니까?

수잔느   조그맣게 얘기해요.

피가로   (빨리) 아, 마님, 참 잘 오셨습니다. 나리께서 어디 있는 줄 아세요?

수잔느   불성실한 백작 같은 것 뭐.

피가로   (더 급하게) 그리고 나의 수잔느는 어디 있다고 생각하십니까?

수잔느   조그맣게 이야기해요.

피가로   (빨리) 그처럼 덕이 있는 수잔느가! 그들은 저 속에 들어갔어요. 불러볼까요?

수잔느 (손으로 그의 입을 막으며 그의 목소리를 숨기지 않고) 부르지 마!

피가로 (방백) 아, 이건 수잔느 아냐? GODDAM.

수잔느 (백작부인의 목소리로) 무슨 걱정거리가 있나?

피가로 (방백) 날 놀려주려고?

수잔느 피가로! 복수해야지.

피가로 정말이세요?

수잔느 그럼, 나는 여자가 아닌가? 하여튼 남자에게는 복수하는 방법은 많지.

피가로 (넌지시) 마님, 여기엔 딴 사람이 없으니 마님이 원하신다면? 다된 일이니까.

수잔느 (방백) 실컷 따귀를 때려줘야지.

피가로 (방백) 이것도 결혼 전에 한때 즐거운 일이지.

수잔느 이러한 복수는 사랑이 얽히지 않으면 아무 재미가 없지.

피가로 그건 잘못 생각이야. 마님이 모를 뿐이지. 내 마음은 사랑으로 가득하지. 다만 마님에 대한 존경심이 그것을 감추고 있을 뿐이야.

수잔느 (화가 나서) 네 생각이 어떤진 몰라도 기꺼이 그런 얘길 하는 건 아니겠지?

피가로 (무릎 굽히고 과장된 어조로 열렬하게) 정말입니다. 마님 정말 사랑합니다. 생각해보세요. 이런 시간에 이런 장소에서 또 이런 우연한 경우니 저의 불타는 달콤한 말은 사랑에 굶주린 그대에게 사랑으로 보상되었습니다.

수잔느 (방백) 손이 떨리는군.

피가로 (방백) 가슴이 뛰는데.

수잔느 하지만 잘 생각해봤나?

피가로 네.

수잔느 사랑과 노여움이란 것은.

피가로 ……잠시도 연장해서는 안 되지요. 손을 주세요, 마님.

수잔느 (제 목소릴 내며 뺨을 친다) 여기 있어 손.

피가로 아이고, 꽤 아픈데 왜 때리시죠?

수잔느 (또 한 번 뺨을 치며) 한 번 더 먹어.

피가로 이건 또 뭐야. 오늘은 하루 종일 뺨만 맞는군.

수잔느 (말마다 때리며) 수잔느에게 왜 때리냐고 물어? 나에 대한 의심의 대가지. 당신에 대한 배반, 속죄, 음모의 대가야. 이것이 사랑이라고 오늘 아침 그랬지?

피가로 (웃으며 일어나) 저런, 이게 사랑이군. 오, 행복, 피가로는 행복하도다. 그대 실컷 때려라. 힘껏 두들겨라. 타박상이 나건 멍이 들건, 수잔느, 부인에게 매 맞지 않는 행복한 남편이 어디 있던가.

수잔느 행복에 넘쳤다고? 백작부인을 유혹하려던 죄가 없어질 줄 알아? 그처럼 달콤한 소릴 하게 해놓고서 나라는 것을 알려준 것은 마님을 생각해서야.

피가로 내가 그 목소릴 못 알아들을 줄 알았나?

수잔느 (웃으며) 날 알아봤다고?

피가로 실컷 때리거나 원한을 갖는 것은 여자다워 귀엽지. 사실 나는 네가 백작과 같이 있다고 생각했는데 어떻게 우리가 이처럼 같이 있게 되었지? 나도 그 옷에 속았지만 너도 바보짓을 했어.

수잔느 바보 때문에 건 올가미에 스스로 빠진 건 당신인데요. 여우 한 마리를 잡으려다 두 마리 잡은 것도 우리 잘못인가?

피가로 둘이라니 또 하나는 누구지?

수잔느 그의 부인이지.

피가로 그의 부인이라니?

수잔느 나리 부인 말이야.

피가로 (미친 듯) 아, 피가로, 너는 그것을 못 알아봤군. 어찌된 일이야? 여자는 훨씬 꾀가 있군. 그리고 보니 이 나무 아래서의 입맞춤은?

수잔느 마님이 하셨지요.

피가로 그럼 저 세뤼벵은.

수잔느 나리가.

피가로 그럼 아까 그 의자 뒤의 일은?

수잔느 그건 아무도 모르지.

피가로 정말이야?

수잔느 (웃으며) 뺨 사태가 내릴 테니 조심하세요.

피가로 (손에 입맞추며) 네가 치는 뺨은 기분 좋았지만 백작한테 맞은 뺨은 되게 아팠어.

수잔느 자, 이제 화해합시다.

피가로 (그녀의 말에 순종하며) 그럽시다. 무릎 꿇고 몸을 엎드려 배를 땅에 대고.

수잔느 (웃으며) 아, 가련한 나리 수고하시는군요.

피가로 (무릎으로 일어나며) 제기랄, 자기 부인을 낚으려고 애를 쓴다.

9장

　피가로, 수잔느. 백작이 들어와 무대 안쪽에서 들어와 바로 오른쪽 정자로 간다.

백작 (방백) 숲속을 찾아보니 없군. 아마 여기 들어갔나 보지?

수잔느 (피가로에게 낮은 소리로) 나리예요.

백작 (정자를 열며) 수잔느 그 안에 있니?

피가로 (늦게) 나리께서 찾고 있군.

수잔느 (낮게) 나리는 아직 마님인지 모르나 봐.

피가로 정신 좀 차리게 해드릴까? (그는 그녀 손에 입맞춘다)

백작 (돌아서며) 허, 부인 곁에 어떤 남자가 있군. 아, 나는 무기를 안 가지고 왔군. (다가선다)

피가로 (일어나서 목소릴 바꾸며) 죄송합니다, 마님. 이 평범한 밀회가 결혼식을 위한 것인지는 몰랐습니다.

백작   (방백) 오늘 아침 의상실에 있었던 바로 그놈이군.

피가로   (계속한다) 하지만 갑자기 장애가 생겨 우리들의 기쁨을 나누지 못하고…….

백작   (방백) 병신 같은 놈, 죽일 놈, 지옥에 떨어질 놈.

피가로   (그녀를 왼쪽 정자로 끌고 가서 낮게) 나리가 욕을 퍼붓는군. (큰 소리로) 마님, 빨리 갑시다. 아까 창에서 뛰어내릴 때 실패한 것을 보상합시다.

백작   (방백) 아, 이제 모든 걸 알겠군.

수잔느   (왼쪽 정자 곁에서) 들어가기 전에 누가 따라왔나 좀 봐줘요. (그는 그녀 이마에 입맞춘다)

백작   (외친다) 두고 봐라.

수잔느는 팡세트, 마르셀린느, 세뤼벵이 들어간 정자로 들어간다.

10장

백작, 피가로. 백작이 피가로의 손을 잡는다.

피가로   (깜짝 놀란 듯) 아, 나리로군요!

백작   (그를 알아보고) 아, 이 나쁜 놈, 네놈이로구나! 여봐라, 아무도 없느냐? 아무도 없어!

11장

페드리유, 백작, 피가로.

페드리유 (장화를 신고) 나리, 여기 계셨군요.
백작 아, 페드리유로군, 너 혼자냐?
페드리유 세비야에서 말을 타고 전속력으로 달려왔죠.
백작 이리 가까이 와서 좀 더 큰 소리로 말해봐.
페드리유 (목청을 다해서) 세뤼뱅은 거기 없어요. 편지가 여기 있어요.
백작 (그를 밀며) 에이, 짐승 같은 놈.
페드리유 나리가 큰 소리로 말하라고 그러셨잖아요.
백작 (여전히 피가로를 붙든 채) 사람을 불러와, 아무도 없느냐? 아무도 없어!
페드리유 피가로와 제가 있잖아요, 무슨 일이세요?

12장

앞 장과 같은 인물들, 브리두아종, 바르톨로, 바질르, 안토니오, 그리프 솔레유, 모두 횃불을 들고 혼례에 모인다.

바르톨로　(피가로에게) 네 말대로 신호가 울려서…….

백작　(왼쪽 정자를 가리키며) 페드리유, 이 문을 지켜.

페드리유는 거기로 간다.

바질르　(피가로에게 낮게) 너 나리께서 수잔느와 같이 있는 현장을 보았구나.

백작　(피가로를 가리키며) 너희들 모두 이 녀석을 포위하고 이 녀석에게 내가 묻는 걸 대답하도록 해.

바질르　아! 아!

백작　(화내며) 조용히 해! (피가로에게 차디찬 어조로) 피가로, 나의 질문에 대답하겠느냐?

피가로　(냉담하게) 나라고 예외가 될 수 있나요? 나리야 여기 있는 모든 사람에게 명령을 내릴 수 있죠. 하지만 나리는 빼놓고 말예요.

백작　(자신을 억제하며) 난 빼놓고라니?

안토니오　그거야 옳은 말이지!

백작　(다시 노기를 띠고) 내가 화내는 건, 네가 침착한 척하니까 그러는 거야.

피가로　나리는 우리가 자기도 모르는 사람의 이해 관계 때문에 사람을 죽이고 죽는 군인이라 생각하시겠죠? 나도 내가 화가 나는 이유를 알고 싶습니다.

백작 (자신을 억제치 못하고) 야, 이놈! (자제하며) 야, 이 녀석아, 알고도 시치미를 떼? 적어도 지금 네가 정자로 끌고 간 여자가 누군지는 알 거 아냐?

피가로 (한쪽을 가리키면서, 빈정대며) 저 속에 말이죠?

백작 (빨리) 그래.

피가로 (냉담하게) 그건 다른 얘기죠. 특별히 내게 호의를 갖고 날 존경하는 어떤 여잡니다.

바질르 (놀라서) 뭐?

백작 (빨리) 다들 이놈 말 들었지?

바질르 (놀라서) 네.

백작 (피가로에게) 그 젊은 여자에겐 다른 남자가 있겠지?

피가로 (냉담하게) 아마 어떤 나리가 가끔 그녀에게 열중하는 모양이에요. 하지만 그 나리가 그녀를 소홀히 했는지 그렇지 않으면 내가 더 마음에 들었는지 모르지만 그 여자는 오늘 내게로 왔죠.

백작 (맹렬히) 뭐라고? (자제하며) 이놈이 최소한 솔직은 한 모양이군. 이놈이 자백한 것이 내가 이놈의 공모자한테서 들은 것과 똑같으니까.

브리두아종 (몹시 놀라서) 고, 공모자?

백작 (격분해서) 이 불명예가 알려진 이상 빨리 보복해버려야지. (정자 안에 들어간다)

13장

> 12장과 같은 사람들, 백작은 제외.

안토니오   그거야 당연하지.
브리두아종   (피가로에게) 누가 누구의 부인을 훔쳤다는 거야?
피가로   (웃으며) 아무도 그렇게 한 사람은 없어요.

14장

> 13장과 같은 사람들, 백작, 세뤼뱅.

백작   (정자 속에서 소리치며 관객에게는 아직 안 보이는 누군가를 끌어 내려 한다) 아무리 애써도 소용없소. 부인, 내가 확인만 하면 만 사는 끝나는 거요. (그는 상대방을 보지도 않고 나온다) 나에게 큰 창피를 주다니.
피가로   (소리친다) 세뤼뱅!
백작   세뤼뱅!
바질르   아, 아.
백작   (정신을 잃고, 방백) 또 그놈의 세뤼뱅이군. (세뤼뱅에게) 도 대체 여기서 뭘 하고 있었지?

세뤼벵 (부끄러운 듯) 분부하신 대로 숨어 있었죠.

페드리유 괜히 죄 없는 말만 고생시켰군.

백작 안토니오, 이리 들어와서 내 체면을 손상시킨 이 더러운 녀석을 재판관 앞으로 끌고 가.

브리두아종 나리가 찾고 있는 사람은 마님이죠?

안토니오 허, 이건 인과응보로군. 나리도 이 지방에서 그 문제로 꽤 시끄럽게 굴었으니까.

백작 (화나서) 잔말 말고 어서 들어와.

안토니오 (들어간다)

15장

안토니오를 제외하고 14장과 같은 사람들.

백작 세뤼벵이 혼자 있었나 잘들 보게.

세뤼벵 (조마조마하며) 나는 왜 이렇게 운이 없을까? 인정 있는 사람은 나를 위로할지어다.

16장

15장과 같은 사람들, 안토니오, 팡세트.

안토니오 (관객에겐 아직 보이지 않는 누군가의 팔을 잡아당기며) 자, 마님, 제발 나와주세요. 이렇게 성가시게 구시면 안 됩니다. 마님이 여기 들어오신 것을 모두 다 아는데 이러실 필요 없잖아요?
피가로 (소리친다) 아, 사촌 동생이군.
바질르 아, 아.
백작 팡세트!
안토니오 (돌아보며 소리친다) 아, 제기랄! 나리, 이건 정말 너무 하십니다. 이런 말썽을 피우고 있는 것이 내 딸이라고 모든 사람에게 보이려고 날 이용하시다니.
백작 (분개해서) 누가 이앤 줄 알았어? (다시 들어가려 한다)
바르톨로 (앞을 막으며) 잠깐 백작 나리, 암만해도 이상해요. 제가 더 침착하니까……. (들어간다)
브리두아종 정말 복잡한 사건이군요.

17장

16장과 같은 사람들, 마르셀린느.

바르톨로 (안에서 말하면서 나온다) 마님, 두려워 마세요. 아무 일도 없으니까. 제가 책임지죠. (돌아서며 외친다) 마르셀린느!
바질르 아, 아.
피가로 (웃으며) 엣, 이건 또 뭐야? 어머니가 계시군.
안토니오 이게 뭐야?
백작 (분개해서) 도대체 어찌 된 거야, 마님은……?

18장

17장과 같은 인물, 수잔느(얼굴을 부채로 가리고 있다).

백작 아, 나오는군. (그녀의 팔을 난폭하게 잡으며) 너희들 이런 추악한 여자를 어떻게 했으면 좋다고 생각하느냐?

수잔느는 머리를 숙이고 무릎을 꿇는다.

안 돼, 안 돼!

피가로는 다른 쪽에서 무릎을 꿇는다.

(백작은 더 크게) 안 된다니까.

마르셀린느도 그의 앞에 무릎을 꿇는다.

(더 크게) 안 돼, 안 돼!

브리두아종을 제외하고 전부 무릎을 꿇는다.

(정신을 잃고) 아무리 많이 와서 그래도 소용이 없어.

19장

17장과 같은 인물, 백작부인(다른 정자에서 나온다)

백작부인 (무릎을 꿇으며) 저도 합세하죠.
백작 (백작부인과 수잔느를 보고) 이건 또 뭐야?
브리두아종 (웃으며) 아이고, 이것이야말로 마님이로구나.
백작 (부인을 일으키며) 뭐라고! 부인이오? (애원하는 어조로) 관대한 용서만이 필요하지.

백작부인 (웃으며) 안 된다고 좀 더 외쳐보시죠. 오늘은 세 번이나 당신 의견에 무조건 찬성했으니까. (일어난다)

수잔느 (일어나며) 저도요.

마르셀린느 (일어나며) 저도요.

피가로 (일어나) 저도요. 메아리까지 울리는군요.

　　　　일동 일어선다.

백작 메아리? 저놈들을 골탕 먹이려 했는데 도리어 어린애 취급만 당하는군.

백작부인 (웃으며) 이제 와서 후회하지 마세요, 나리.

피가로 (모자로 무릎의 먼지를 털며) 오늘 같은 날은 훌륭한 외교관도 넉넉히 양성되겠어요.

백작 (수잔느에게) 그럼 그 핀을 꽂은 편지는?

수잔느 마님이 쓰셨어요.

백작 (백작은 부인의 손에 입맞춘다) 답장은 갈 곳에 간 셈이군.

백작부인 각자 자기 것을 취하도록 해요. (지갑을 피가로에게, 다이아몬드를 수잔느에게 준다)

수잔느 (피가로에게) 또 지참금이 생겼군요.

피가로 (손으로 지갑을 치며) 셋이나 생겼군. 이것을 버느라고 고생도 많이 했지.

수잔느 우리 결혼처럼 말이죠?

그리프 솔레유 신부의 양말대님은 내가 가질까요?

백작부인 (가슴에 잘 간직하고 있던 리본을 땅에 던지며) 양말대님? 내가 입은 신부의 옷 속에 있었지. 자, 여기 있다.

혼례에 모인 애들이 다투어 그것을 주우려 한다.

세뤼벵 (빨리 뛰어가 주우며) 이걸 남이 갖다니.

백작 (세뤼벵에게 웃으며) 야 말썽꾼, 아까 맞은 뺨 맛이 어떻든?

세뤼벵 (물러서며 칼을 반쯤 뽑고) 연대장님, 정말입니까?

피가로 (코믹한 노기를 띠며) 뺨은 내가 맞았는데 보상은 저 녀석이 받는군. 높으신 분들 하는 일이야 다 그런 거지.

백작 (웃으며) 네가 맞았다고? 아, 아, 아! 부인, 그게 정말이오?

백작부인 (멍해 있다. 정신 차리고 동정을 나타내며) 물론이죠. 그건 틀림없어요. 생명을 걸고 맹세하죠.

백작 (브리두아종의 어깨를 치며) 브리두아종, 자네의 의견은 어떤가?

브리두아종 어, 어떠냐고요? 글쎄요, 저로선 뭐라고 말씀드려야 좋을지 모르겠군요라는 말밖엔 드릴 말씀이 없군요. 이게 제 사고 방식이랍니다.

일동 명판결입니다.

피가로 나는 가난했죠. 모두 날 경멸했어요. 조금 재주를 피우니까 모두 미워했지만 미인과 재산을 얻었죠.

바르톨로   (웃으며) 모든 인정과 동정이 네게로 몰려올 거다.

피가로   이게 꿈이 아닐까?

바르톨로   내가 확인해주지.

피가로   (관객에게 인사하며) 나의 부인과 재산은 별도로 하고 모두 저를 축복해주십시오.

보드빌의 전주곡이 흐른다.

보드빌 〔노래와 춤이 섞인 무대극〕

바질르   (1절)

　　세 번씩 굴러온 지참금

　　멋진 부인, 신랑에겐 과분하도다

　　훌륭한 나리의 젊은 하인

　　질투하는 것은 바보지

　　라틴어 속담에도 재주 있는 자는 덕을 본댔으니까

피가로   그건 나도 알아. (그는 노래한다)

　　양반으로 태어나야 흥청대지요(Gaudeant bene nanti).

바질르   아니야. (그는 노래한다)

　　양반으로 태어나야 흥청대지요(Gaudeat bene nanti).

수잔느   (2절)

남편이 처를 속이면

그걸 자랑하고 모두 웃지만

부인이 바람피우면

모두 비난하고 벌준다

이러한 덜 된 세상에서

그 원인을 밝힐 필요가 있을까

힘 있는 놈이 제일인데

피가로　(3절)

질투하는 장모는 바보지

부인과 함께 편안히 살려고

무서운 개를 사서

정원에 풀어놓은 것은 좋으나

밤중에 큰 소동

개가 이리 뛰고 저리 뛰고

개를 산 주인도 물어버렸네

백작부인　(4절)

아무리 오만한 여자라도 정절은 지키는 법

남편을 사랑하지 않으면

다른 여자가 부정하게도 그 남자만을 사랑한다고 하니

아무리 미치지 않아도 맹세하지 않고

자기 할 일만 하는 부인을

감시하도다.

백작 (5절)

  시골서 오는 여자는 일을 잘하고

  그 공은 적다

  멋쟁이 여자 만세

  왕이 든 창과도 같이

  한 남편 그 속에서

  모든 것을 다 돌보도다

마르셀린느 (6절)

  낳아준 숱한 어머닌 다 알도다

  모르는 것이 있다면

  사랑의 기묘함뿐이로다

피가로 (계속하며)

  그 비밀이 밝혀지면

  바보 자식도 똑똑해지도다

  (7절)

  운명의 장난으로

  하나는 왕, 하나는 양치기로 태어나며

  인간의 생애는 우연이 만든다

  하나 재능은 이것을 바꿀 수 있으며

  아무리 왕이라도

  죽으면 같도다.

  그리고 볼테르는 불멸이로다.

세뤼벵　　(8절)

　　사랑하는 자, 변덕부리는 자

　　젊은 나를 괴롭히지만

　　한번 노하기만 하면

　　전부 제대로 되어버린다

　　너의 모습은 연극이로다

　　이처럼 그것을 멸시하지만

　　그것을 얻으려 모두 애쓴다

수잔느　　(9절)

　　이처럼 어리석고 재미있는 연극에 교훈이 있다면

　　장난도 나쁜 것이 아니로다

　　자, 이성이여 우리가 그릇된 길에서

　　마음대로 놀더라도

　　결국 이성의 길로 다시 인도해주소서

브리두아종　　(10절)

　　자, 여러분 지금 보신 희극은 과오를 제외하고는

　　전부 선량한 서민들의 생활을 그린 겁니다.

　　서민을 짓누르면 외치고 반항하지만

　　그러나 결국 그들은 노래를 좋아한답니다.

　　(모든 것은 결국 노래로 끝납니다)

작품 해설

　보마르셰(Beaumarchais, 1732~99)는 파리에서 시계상의 아들로 태어났으며, 본명은 피엘 카롱(Pierre Caron)이다. 일찍이 궁중에 드나들며 왕녀들의 하프 지도 교사로 활약하였으며, 그 당시 유력한 금융업자 뒤베르네(Duverney)의 소개로 투기 사업에 가담하여 벼락부자가 된 뒤 거액을 들여 드 보마르셰라는 귀족의 지위를 사서 왕의 비서관이 되었다. 그는 계속 이러한 투기에 관련하다 사업가로서 파리의 뒤베르네의 상속인이 된 라플랑슈(La Planche) 백작과 다투어 백작은 보마르셰를 허위와 사기 건으로 고발한다. 결국 이 소송에서 패배한 보마르셰는 검사 게스망을 고소한다. 왜냐하면 검사의 부인이 재판에 이겨주겠다고 약속하고 나서 받아먹은 뇌물을 돌려주기를 거절했기 때문이다.
　그 후 그는 루이 16세의 밀정으로 활약하고, 미국 독립군의 선주 또는 무기상인으로 활약했으며, 문학가협회의장으로 활동하면서도 계속 투기 사업에 열중하였다.
　프랑스혁명이 일어나자 그는 만족하였으나 역설적으로 그는 투옥당했다.

그는 두 편의 희극 〈으젠느(Euegenie)〉와 〈두 친구(Deux amis)〉(1767~70)를 발표하여 문단에 나타난 후 계속 〈세비야의 이발사(Le Barbier de Séville)〉와 〈피가로의 결혼(Le Mariage de Figaro)〉(1775~84)과 〈죄 있는 어머니(La Mère coupable)〉(1789~92) 등을 발표했다.

〈세비야의 이발사〉

이 작품은 처음 발표하였을 때는 혹평을 받고 실패하였으나 1775년 다시 개작하여 대성공을 거두게 된다. 질투심 많은 영감 바르톨로는 순진한 로진느의 후견인으로 아름다운 그 처녀와 결혼을 하려고 한다. 그러나 젊고 대담한 알마비바 백작은 하인 피가로의 도움으로 바르톨로를 골탕먹인다. 스페인적인 이국 정서가 회화적인 분위기를 구성하고 가장과 익명과 오인이 이 극의 줄거리를 구성하고 있다. 당시는 감동하여 눈물을 흘리는 극이 유행했으나 이 작품이 발표되자 연극은 순수 희극으로 되돌아간다. 양심의 가책을 받지도 않고 어리석지도 않은 피가로의 기지는 덕을 대신하고 있다. 그는 가문도 재산도 없는 방종한 인간으로, 그의 철학으로 운명을, 계략으로 권력을 우롱하는 무서운 인간이다. 그야말로 소유권을 박탈당한 당시 민중의 원한을 대변하고 있다.

〈피가로의 결혼〉

〈세비야의 이발사〉에 이어 보마르셰는 〈피가로의 결혼〉을 내놓았다. 처음 발표되었을 때는 격론이 있었으나 3년 후인 1784년 국왕의 허가로 공연이 되었다. 그때 관객이 너무 많아 세 사람이나 혼잡 속에서 질식하여 죽었다.

피가로는 알마비바 백작부인의 시녀 수잔느와 약혼한 사이다. 여기에 두 가지 장애물이 생긴다. 피가로의 덕분에 결혼에 성공한 백작은 수잔느를 탐내고, 한편 과거 부채 때문에 피가로와 마르셀린느 사이에 이루어진 결혼 약속을 이행하고자 한다. 그러나 결국 마르셀린느는 피가로의 어머니임이 판명되고 백작부인은 수잔느로 가장하여 남편과 밀회를 함으로써 백작을 궁지에 몰아넣어 모든 것은 해결된다.

이 작품에서 볼 수 있는 사회에 대한 풍자는 흥미가 있고 몰리에르의 작품에서 볼 수 있는 귀족보다도 더 가혹하고 신랄하기 때문에 당시의 대중을 몹시 감동시켰다. 특히 피가로는 한가한 귀족 생활의 용이함과 어리석음을 오로지 생명을 유지하려고 모든 기지를 발휘하는 천민의 강인한 운명과 대립시키고 있다. 따라서 이 작품이 프랑스혁명을 예고하는 작품이라는 것은 너무나 당연한 일이다.

옮긴이 **민희식**

서울대학교 문리대 불문과를 졸업하고 프랑스 스트라스부르대학교에서 문학박사 학위를 받았다. 성균관대학교, 이화여자대학교, 한양대학교 교수를 역임했으며 1986년 프랑스 최고 문화 훈장을 받았다. 지은 책으로는 《프랑스 문학사》, 《불교와 서구사상》, 《법화경과 신약성서》 등이 있으며, 옮긴 책으로는 플로베르 《보바리 부인》, 《감정교육》, 《순박한 마음》, 생텍쥐페리 《야간비행》, 《인간의 대지》, 마르탱 뒤 가르 《티보가의 사람들》 외 다수가 있다.

피가로의 결혼

1판 1쇄 발행 1975년 7월 10일
3판 1쇄 발행 2025년 9월 19일

지은이 피에르 오귀스탱 보마르셰 │ **옮긴이** 민희식
펴낸곳 (주)문예출판사 │ **펴낸이** 전준배
출판등록 2004. 02. 11. 제 2013-000357호 (1966. 12. 2. 제 1-134호)
주소 04001 서울시 마포구 월드컵북로 21
전화 02-393-5681 │ **팩스** 02-393-5685
홈페이지 www.moonye.com │ **블로그** blog.naver.com/imoonye
페이스북 www.facebook.com/moonyepublishing │ **이메일** info@moonye.com

ISBN 978-89-310-2582-8 04800
ISBN 978-89-310-2365-7 (세트)

• 잘못 만든 책은 구입하신 서점에서 바꿔드립니다.

문예출판사® 상표등록 제 40-0833187호, 제 41-0200044호

■ 문예세계문학선

★ 서울대, 연세대, 고려대 필독 권장 도서　▲ 미국대학위원회 추천 도서
● 《타임》 선정 현대 100대 영문 소설　▽ 《뉴스위크》 선정 세계 100대 명저

1 젊은 베르테르의 슬픔 괴테 / 송영택 옮김	34 지상의 양식 앙드레 지드 / 김붕구 옮김
▲▽ 2 멋진 신세계 올더스 헉슬리 / 이덕형 옮김	35 체호프 단편선 안톤 체호프 / 김학수 옮김
▲●▽ 3 호밀밭의 파수꾼 J. D. 샐린저 / 이덕형 옮김	36 인간 실격 다자이 오사무 / 오유리 옮김
4 데미안 헤르만 헤세 / 구기성 옮김	37 위기의 여자 시몬 드 보부아르 / 손장순 옮김
5 생의 한가운데 루이제 린저 / 전혜린 옮김	●▽ 38 댈러웨이 부인 버지니아 울프 / 나영균 옮김
6 대지 펄 S. 벅 / 안정효 옮김	39 인간희극 윌리엄 사로얀 / 안정효 옮김
●▽ 7 1984 조지 오웰 / 김승욱 옮김	40 오 헨리 단편선 O. 헨리 / 이성호 옮김
▲●▽ 8 위대한 개츠비 F. 스콧 피츠제럴드 / 송무 옮김	★ 41 말테의 수기 R. M. 릴케 / 박환덕 옮김
▲●▽ 9 파리대왕 윌리엄 골딩 / 이덕형 옮김	42 파비안 에리히 케스트너 / 전혜린 옮김
10 삼십세 잉게보르크 바흐만 / 차경아 옮김	★▲▽ 43 햄릿 윌리엄 셰익스피어 / 여석기 옮김
★▲ 11 오이디푸스왕 · 안티고네 소포클레스 · 아이스킬로스 / 천병희 옮김	44 바라바 페르 라게르크비스트 / 한영환 옮김
	45 토니오 크뢰거 토마스 만 / 강두식 옮김
★▲ 12 주홍글씨 너새니얼 호손 / 조승국 옮김	46 첫사랑 이반 투르게네프 / 김학수 옮김
▲●▽ 13 동물농장 조지 오웰 / 김승욱 옮김	47 제3의 사나이 그레이엄 그린 / 안흥규 옮김
★ 14 마음 나쓰메 소세키 / 오유리 옮김	★▲▽ 48 어둠의 속 조셉 콘래드 / 이덕형 옮김
★ 15 아Q정전 · 광인일기 루쉰 / 정석원 옮김	49 싯다르타 헤르만 헤세 / 차경아 옮김
16 개선문 레마르크 / 송영택 옮김	50 모파상 단편선 기 드 모파상 / 김동현 · 김사행 옮김
★ 17 구토 장 폴 사르트르 / 방곤 옮김	51 찰스 램 수필선 찰스 램 / 김기철 옮김
18 노인과 바다 어니스트 헤밍웨이 / 이경식 옮김	★▲▽ 52 보바리 부인 귀스타브 플로베르 / 민희식 옮김
19 좁은 문 앙드레 지드 / 오현우 옮김	53 페터 카멘친트 헤르만 헤세 / 박종서 옮김
★▲ 20 변신 · 시골 의사 프란츠 카프카 / 이덕형 옮김	★ 54 몽테뉴 수상록 몽테뉴 / 손우성 옮김
★▲ 21 이방인 알베르 카뮈 / 이휘영 옮김	55 알퐁스 도데 단편선 알퐁스 도데 / 김사행 옮김
22 지하생활자의 수기 도스토옙스키 / 이동현 옮김	56 베이컨 수필집 프랜시스 베이컨 / 김길중 옮김
23 설국 가와바타 야스나리 / 장경룡 옮김	★▲ 57 인형의 집 헨리크 입센 / 안동민 옮김
★▲ 24 이반 데니소비치의 하루 A. 솔제니친 / 이동현 옮김	★ 58 소송 프란츠 카프카 / 김현성 옮김
	★▲ 59 테스 토마스 하디 / 이종구 옮김
25 더블린 사람들 제임스 조이스 / 김병철 옮김	★▽ 60 리어왕 윌리엄 셰익스피어 / 이종구 옮김
★ 26 여자의 일생 기 드 모파상 / 신인영 옮김	61 라쇼몽 아쿠타가와 류노스케 / 김영식 옮김
27 달과 6펜스 서머싯 몸 / 안흥규 옮김	▲▽ 62 프랑켄슈타인 메리 셸리 / 임종기 옮김
28 지옥 앙리 바르뷔스 / 오현우 옮김	▲●▽ 63 등대로 버지니아 울프 / 이숙자 옮김
★▲ 29 젊은 예술가의 초상 제임스 조이스 / 여석기 옮김	64 명상록 마르쿠스 아우렐리우스 / 이덕형 옮김
▲ 30 검은 고양이 애드거 앨런 포 / 김기철 옮김	65 가든 파티 캐서린 맨스필드 / 이덕형 옮김
★ 31 도련님 나쓰메 소세키 / 오유리 옮김	66 투명인간 H. G. 웰스 / 임종기 옮김
32 우리 시대의 아이 외된 폰 호르바트 / 조경수 옮김	67 게르트루트 헤르만 헤세 / 송영택 옮김
33 잃어버린 지평선 제임스 힐턴 / 이경식 옮김	68 피가로의 결혼 보마르셰 / 민희식 옮김

(뒷면 계속)

★	69 팡세 블레즈 파스칼 / 하동훈 옮김	●	104 보이지 않는 인간 2 랠프 엘리슨 / 송무 옮김
	70 한국 단편 소설선 김동인 외	▲	105 훌륭한 군인 포드 매덕스 포드 / 손영미 옮김
	71 지킬 박사와 하이드 로버트 L. 스티븐슨 / 김세미 옮김		106 수레바퀴 아래서 헤르만 헤세 / 송영택 옮김
▲	72 밤으로의 긴 여로 유진 오닐 / 박윤정 옮김	▲	107 죄와 벌 1 표도르 도스토옙스키 / 김학수 옮김
★▲▽	73 허클베리 핀의 모험 마크 트웨인 / 이덕형 옮김	▲	108 죄와 벌 2 표도르 도스토옙스키 / 김학수 옮김
	74 이선 프롬 이디스 워튼 / 손영미 옮김		109 밤의 노예 미셸 오스트 / 이재형 옮김
	75 크리스마스 캐럴 찰스 디킨스 / 김세미 옮김		110 바다여 바다여 1 아이리스 머독 / 안정효 옮김
★▲	76 파우스트 요한 볼프강 폰 괴테 / 정경석 옮김		111 바다여 바다여 2 아이리스 머독 / 안정효 옮김
▲	77 야성의 부름 잭 런던 / 임종기 옮김		112 부활 1 레프 톨스토이 / 김학수 옮김
★▲	78 고도를 기다리며 사뮈엘 베케트 / 홍복유 옮김		113 부활 2 레프 톨스토이 / 김학수 옮김
★▲▽	79 걸리버 여행기 조너선 스위프트 / 박용수 옮김	▲●	114 그들의 눈은 신을 보고 있었다
	80 톰 소여의 모험 마크 트웨인 / 이덕형 옮김		조라 닐 허스턴 / 이미선 옮김
★▲▽	81 오만과 편견 제인 오스틴 / 박용수 옮김		115 약속 프리드리히 뒤렌마트 / 차경아 옮김
★▲	82 오셀로 · 템페스트 윌리엄 셰익스피어 / 오화섭 옮김		116 제니의 초상 로버트 네이선 / 이덕형 옮김
★	83 맥베스 윌리엄 셰익스피어 / 이종구 옮김		117 트로일러스와 크리세이드
▽	84 순수의 시대 이디스 워튼 / 이미선 옮김		제프리 초서 / 김영남 옮김
★	85 차라투스트라는 이렇게 말했다 니체 / 황문수 옮김		118 사람은 무엇으로 사는가
★	86 그리스 로마 신화 에디스 해밀턴 / 장왕록 옮김		레프 톨스토이 / 이순영 옮김
	87 모로 박사의 섬 H. G. 웰스 / 한동훈 옮김		119 전락 알베르 카뮈 / 이휘영 옮김
	88 유토피아 토머스 모어 / 김남우 옮김		120 독일인의 사랑 막스 뮐러 / 차경아 옮김
★▲	89 로빈슨 크루소 대니얼 디포 / 이덕형 옮김		121 릴케 단편선 R. M. 릴케 / 송영택 옮김
	90 자기만의 방 버지니아 울프 / 정윤조 옮김		122 이반 일리치의 죽음 레프 톨스토이 / 이순영 옮김
▲	91 월든 헨리 D. 소로 / 이덕형 옮김		123 판사와 형리 F. 뒤렌마트 / 차경아 옮김
	92 나는 고양이로소이다 나쓰메 소세키 / 김영식 옮김		124 보트 위의 세 남자 제롬 K. 제롬 / 김이선 옮김
★	93 폭풍의 언덕 에밀리 브론테 / 이덕형 옮김		125 자전거를 탄 세 남자 제롬 K. 제롬 / 김이선 옮김
★▲	94 스완네 쪽으로 마르셀 프루스트 / 김인환 옮김		126 사랑하는 하느님 이야기 R. M. 릴케 / 송영택 옮김
	95 이솝 우화 이솝 / 이덕형 옮김		127 그리스인 조르바 니코스 카잔차키스 / 이재형 옮김
	96 페스트 알베르 카뮈 / 이휘영 옮김		128 여자 없는 남자들 어니스트 헤밍웨이 / 이종인 옮김
▲	97 도리언 그레이의 초상 오스카 와일드 / 임종기 옮김		129 사양 다자이 오사무 / 오유리 옮김
	98 기러기 모리 오가이 / 김영식 옮김		130 슌킨 이야기 다니자키 준이치로 / 김영식 옮김
★▲	99 제인 에어 1 샬럿 브론테 / 이덕형 옮김		131 실종자 프란츠 카프카 / 송경은 옮김
★▲	100 제인 에어 2 샬럿 브론테 / 이덕형 옮김		132 시지프 신화 알베르 카뮈 / 이가림 옮김
	101 방황 루쉰 / 정석원 옮김		133 장미의 기적 장 주네 / 박형섭 옮김
	102 타임머신 H. G. 웰스 / 임종기 옮김		134 진주 존 스타인벡 / 김승욱 옮김
●	103 보이지 않는 인간 1 랠프 엘리슨 / 송무 옮김		135 황야의 이리 헤르만 헤세 / 장혜경 옮김